Gustav von Moser

Onkel Grog

Der Hausarzt

Gustav von Moser

Onkel Grog
Der Hausarzt

ISBN/EAN: 9783743314344

Hergestellt in Europa, USA, Kanada, Australien, Japan

Cover: Foto ©Andreas Hilbeck / pixelio.de

Manufactured and distributed by brebook publishing software
(www.brebook.com)

Gustav von Moser

Onkel Grog

Luſtſpiele

von

G. von Moſer.

Achter Band.

Onkel Grog, Luſtſpiel.
Der Hausarzt, Luſtſpiel.

Berlin.

B. Behr's Buchhandlung (E. Bock).

3. Unter den Linden.

1879.

Onkel Grog.

Lustspiel in 3 Akten.

Personen.

Amtsrath Richter.

Adelheid Richter, seine Schwägerin.

Fanny, deren Tochter.

Ella.

Paul Heller.

Oskar Richter, Bautechniker.

Plock, Justizrath.

Hans, Diener des Amtsrath Richter.

Valentin Schulz, Bauer.

Minna, Jungfer.

Arthur, ein Kind.

Kellner.

Frau Glaßen.

Karl Glaßen.

Erster Akt.

Eine Art Promenade mitten in einem Badeort. Rechts ein Hotel mit Eingang, darüber ein Balkon. Links eine Veranda, unter der gedeckte Tische stehen, die Veranda nach vorn zu offen.

----

1. Scene.

Valentin. Kellner.

Valentin (hält sich die Hand über die Augen, liest die Wohnungs-Anzeige am Hotel). Ah — hier sind ja Wohnungen zu haben.

Kellner (steht in der Thüre — tritt heraus — Serviette über dem Arm). Sie wünschen etwas, mein Herr?

Valentin. Ich suche eine Wohnung.

Kellner. Ah — können Sie bei uns haben — von 3 bis 10 Mark.

Valentin. Die Woche?

Kellner (lächelnd). Nein — den Tag.

Valentin. Donnerwetter — da wohnen hier wohl Leute, die ihr Geld übrig haben.

Kellner. Belieben Sie nicht einzutreten?

Valentin (zurücktretend). Ne — ich danke — das ist mir zu vornehm bei Euch.

Kellner. Das erste Hotel, — die Aussicht auf's Meer ist prachtvoll.

1*

Valentin. Ja — die hat der liebe Gott gemacht — und Ihr laßt sie Euch bezahlen.

Kellner. Sie belieben zu scherzen.

Valentin. Ne — ganz und gar nicht — aber wer mich prellen will, der muß früh aufstehen.

Kellner. Prellen? mein Herr, ich bin Oberkellner!

Valentin (mit Hohn). Dann allerdings verstehen Sie davon nichts.

Kellner. Mein Herr — Sie beleidigen mich. — Ich weiß gar nicht, wer Sie sind.

Valentin. So — nu, ich heiße Schulze — Valentin Schulze, — im Dorfe nennen sie mich zum Unterschied den groben Schulze und wenn Sie sonst noch etwas wünschen — — (geht auf ihn zu).

Kellner (schnell ins Haus). Guten Morgen! (ab).

Valentin. Guten Morgen, Herr Oberkellner!

2. Scene.

Hans. Valentin.

Hans. Seh ich recht, Valentin — es ist doch bei uns nichts passirt — sind wir abgebrannt oder verhagelt?

Valentin. Gott bewahre — Alles in Ordnung.

Hans. Aber wie kommt Ihr denn hierher?

Valentin. Sehr einfach — der Herr Amtsrath kam jedes Mal so frisch aus dem Bade zurück — da dachte ich mir — das versuchst du auch ein Mal — schaden kanns gewiß nicht — und da bin ich.

Hans. Sehr gut — das wird dem Herrn gewiß Spaß machen.

Valentin. Wo ist er denn?

Hans. Ich suche ihn soeben auf — er muß jetzt zwei Stunden spazieren gehn. —

Valentin. Gehört das zur Kur?

Hans. Versteht sich. —

Valentin. Das wird mir verdammt sauer werden — spazieren gehn.

Hans. Er raisonnirt auch tüchtig — und wenn ich ihm nicht nachgehe, ist er im Stande und sitzt die beiden Stunden ab. — Kommen Sie, ich führe Sie zu ihm. (Beide ab links hinten.)

3. Scene.

Oskar. Ella.

Oskar (von rechts hinten). Sie hat mich gesehen, — sie kommt gewiß (sieht auf den Balkon) da ist sie — Ella — liebe Ella!

Ella (hat den Balkon betreten). Nicht so laut, Herr Oskar — man könnte uns hören.

Oskar. Wenn ich leise spreche, können Sie mich nicht verstehen und verstehen müssen Sie mich, deshalb bin ich hier — also bitte — kommen Sie herunter.

Ella. Nein — Sie sind unbedacht.

Oskar. Dann muß ich zu Ihnen heraufklettern.

Ella. Um Gotteswillen, — es wird doch besser sein — ich komme herunter — aber nur ein paar Worte. (Verschwindet vom Balkon.)

Oskar. Versteht sich — nur ein paar Worte. Ein entzückendes Mädchen. Ihre Seele ist ebenso schön als ihre Gestalt, — nur kräftiger — stärker — gewaltiger, — eine Hünenseele. — Als ich ihr mein inniges Gefühl gestand — da schaute sie mich so groß an und sagte, ich glaube Ihnen — Sie lieben mich, auch ich bin Ihnen gut — aber da wir keine

Aussicht haben uns zu heirathen — wollen wir nicht schwärmen und phantasiren von einer Zukunft, — denn wir sind dieser Zukunft nicht sicher. Lassen Sie uns Freunde sein. Dabei ließ sie mich einen Blick thun in ihre wunderbaren — meeres= tiefen Augen — oh, ich sah deutlich in der tiefsten Tiefe mein Glück glänzen, (seufzend) aber seit der Zeit sind wir Freunde — nur Freunde! — Ich finde das furchtbar vernünftig — aber das Vernünftige ist nicht immer hübsch (der auftretenden Ella entgegen — macht Miene sie zu umarmen) Ella — theure Ella — (hält sich zurück) ja so — unser Gelübde!

Ella (aus dem Hause getreten). Mein Freund! (reicht ihm die Hand) Willkommen.

Oskar (ihre Hand fassend). Es ist ein Glück, daß wir wenig= stens v o r h e r von unserer Liebe gesprochen haben.

Ella (schelmisch drohend). Mein Freund!

Oskar. Ja, ja. (Sich zusammennehmend — mit Laune.) Ganz gehorsamer Diener! Wie befinden Sie sich, mein Fräulein? Sie sehen recht wohl aus — ich freue mich Sie wiederzusehen! Das Meer ist heute sehr ruhig — es ist ein schöner Tag. — Sind Sie nun zufrieden?

Ella. Vollkommen.

Oskar. Wissen Sie denn — weshalb ich hier bin?

Ella. Ich glaube — ich könnte es Ihnen sagen.

Oskar. Da wäre ich begierig.

Ella. Sie werden ungefähr sagen — ich hatte Sehn= sucht Sie zu sehen — es ließ mir keine Ruhe.

Oskar (schnell und aufrichtig). Ja!

Ella. Da legte ich meine Arbeit bei Seite, und beging den Leichtsinn hierher zu kommen.

Oskar (wie oben). Nein! — So ist es doch nicht ganz. Ich bin aus Ihrer Schule — Ihre Charakterstärke war mir ein Vorbild, meine Liebe zu Ihnen die Triebkraft — so habe ich meine Arbeit nicht bei Seite geschoben, sondern, ohne links und rechts zu sehen, gearbeitet — habe mein Examen gemacht und bestanden.

Ella. Ah — ich gratulire von Herzen.

Oskar (verbeugend). Ich danke ergebenst. — Es kommt noch besser — ich habe das Glück gehabt, sofort eine Anstellung zu finden und stelle Ihnen hiermit den städtischen Baumeister Herrn Oskar Richter vor — einen Mann, der jetzt in der Lage ist, Frau und Kind (schlägt sich auf den Mund) — eine Frau erhalten zu können.

Ella. Ihre Mittheilung macht mich unaussprechlich glücklich, mein lieber Freund.

Oskar. Freund, noch immer Freund? (will auf sie zu).

Ella (abwehrend).

Oskar. Himmel — diese Hünenseele — (laut) darf ich bei der Commerzienräthin — Ihrer Tante — um Ihre Hand anhalten, mein Freund?

Ella. Das wird wohl geschehen müssen!

Oskar. Den Grund sehe ich nicht recht ein. Die Dame spricht nicht gern davon, daß Sie mit ihr verwandt sind, — behandelt Sie eigentlich gar nicht wie eine Verwandte.

Ella. Sie hat das früh verwaiste Mädchen in ihr Haus genommen — ich hatte kein anderes Vaterhaus — ich bin ihr Dankbarkeit schuldig und will ihr dafür immer gehorsam sein.

Oskar. Oh du zarte fromme Seele! — ich bewundere und verehre Sie immer mehr.

Ella. Ich thue nur meine Schuldigkeit.

Oskar. Ich werde die meine thun. — Wo ist die Tante? (will fort) wo find' ich sie.

Ella. Was denken Sie — jetzt — morgens 10 Uhr. — Sie wissen, wieviel sie auf Aeußerlichkeit giebt, um diese Zeit empfängt sie Niemand — höchstens ihren Schwager.

Oskar. Noch ein Verwandter?

Ella. Auf den sie große Stücke hält — ein Amtsrath Richter.

Oskar. Gut — ich werde auch diesen würdigen Mann aufsuchen. Was thut man nicht alles aus Freundschaft! (feierlichernst) leben Sie wohl, nehmen Sie die aufrichtigste Versicherung entgegen, daß ich mich unendlich freue, unsrer Freundschaft ein baldiges Ende zu bereiten.

Ella (reicht ihm die Hand innig). Ich habe mich in Ihnen nicht geirrt!

Oskar. Man thut nur seine Schuldigkeit — (will sie umarmen — weicht zurück) ja so — das ist noch nicht meine Schuldigkeit — verzeihen Sie! (Schnell ab rechts hinten).

Ella (nachdem sie ihm nachgesehen). Wie gern wär ich ihm um den Hals gefallen — wie unaussprechlich glücklich bin ich. Ich möchte es in alle Welt rufen, und habe Niemand, der sich mit mir freut. — Niemand? — oh ja — (faltet die Hände) meine liebe, liebe Mutter dort oben — Du siehst wie glücklich Dein Kind ist! (Ab in's Haus.)

4. Scene.

Amtsrath Richter. Hans. (Später Kellner.)

Richter (ein älterer — jovialer Mann, — etwas derb in seiner Ausdrucksweise — aber immer mit vorwiegendem Humor, kommt von links hinten, bleibt stehen). Hier ist ein Wirthshaus, Hans — weiter gehe ich nicht.

Hans (zieht einen Podometer aus der Tasche). Sie müssen, Herr Amtsrath — wir sind erst 4½ Kilometer gegangen, Ihre Gesundheit verlangt aber 7 bis 8 Kilometer vor dem Essen.

Richter (mit der Zunge schnalzend). Ich habe aber Durst — einen entsetzlichen Durst.

Hans. Wird Ihnen später um so besser schmecken, Herr Amtsrath.

Richter. Das verstehst Du nicht — Du bist ein Frosch, der nur vom Wasser lebt.

Hans. Nennen Sie mich immerhin Frosch — aber gehen wir.

Richter. Ich bin aber müde — ich setze mich und trinke ein Glas Portwein! (setzt sich — nimmt Hut ab, trocknet sich die Stirn).

Hans. Nur zu, Herr Amtsrath — nur immer zu. Statt zu gehen, trinken Sie — statt eines Glases trinken Sie fünf, das Blut wird dick, rollt immer langsamer, endlich eines schönen Tages liegen Sie da, vom Schlag gerührt —

Richter. Meinethalben!

Hans. Die Verwandten werden ihre Freude daran haben.

Richter. Du bist ein abscheulicher Kerl — mein lieber Hans (steht etwas schwerfällig auf). Du weißt sehr gut, was mich zum Laufen bringt.

Hans. Wir gehen also?

Richter. Ja — aber ein einziges Glas Portwein muß ich erst trinken — (setzt sich wieder) in einer halben Stunde hole mich ab — dann machen wir die übrigen 4 Kilometer.

Hans. Aber, Herr Amtsrath — — —

Richter. Mach, daß Du fortkommst! —

Hans (bei Seite). Jetzt sitzt er fest. (Laut.) Herr Amtsrath, wenn Sie doch so unermüdlich wären im Spazierengehen, wie im Frühstücken — Sie wissen doch, was der Herr Doktor gesagt hat. — —

Richter. Ach was versteht der Kerl von meinem Durst — (ruft) Kellner!

Kellner (aus dem Hause). Befehlen?

Richter. Ein Glas Portwein.

Kellner. Glasweise wird er nicht abgegeben — belieben vielleicht eine Flasche? (Kellner ab ins Haus.)

Richter (sich die Hände reibend). Also eine Flasche! — aber hier im Freien! — Du siehst, Hans, ich hatte die Absicht, nur ein Glas zu trinken.

Hans. Und nun wird eine Flasche daraus! — Herr Amtsrath — es trinkt sich besser in Gesellschaft — ich hole Ihren Freund — den Justizrath Plock.

Richter. Der trinkt mir alles weg.

Hans. Deshalb hole ich ihn eben. (Ab hinten links.)

Richter. Schlingel Du! — — Es ist ein ganz braver Mensch — er liebt mich — aber hat kein Verständniß für meine inneren Bedürfnisse — denn er durstet nie.

Kellner (kommt — stellt Flasche Wein und Glas auf den Tisch).

Richter. Noch ein Glas, Kellner — ich trinke nicht gern allein.

Kellner (sich überall umsehend). Ich soll noch ein Glas holen (sich verbeugend). O — Sie sind zu gütig, mein Herr!

Richter. Sie sollen es holen — aber für Sie ist es nicht bestimmt, mein Bester.

Kellner (verlegen). Entschuldigen Sie — ich dachte, da Niemand hier wäre.

Richter. Nehmen Sie es nicht übel, daß ich an Jemand andern dachte.

Kellner. O — ich bitte — es thut nichts! (ab ins Haus).

Richter. Ein kindliches Gemüth, dieser Kellner. (Setzt sich unter die Veranda.)

5. Scene.

Oskar. Richter. Kellner.

Oskar (im schwarzen Frack — von hinten rechts auftretend). Da bin ich in voller Galla. Schleuniger kann man nicht Toilette machen. (Sieht den Kellner, der das zweite Glas brachte.) He — guter Freund!

Kellner. Sie wünschen, mein Herr?

Oskar. Ist die Frau Commerzienräthin Richter zu Hause?

Kellner. Die Damen sind noch oben. (Ab ins Haus.)

Oskar. Ich danke! (seine Halsbinde zurecht zupfend). Es ist zwar noch zeitig — aber ich denke, der Frack wird die strenge Dame mit dem frühen Besuch versöhnen! Also — vorwärts. (Will ins Haus.)

Richter (sitzend). Sie suchen meine Schwägerin, mein Herr?

Oskar. Ah — (erfreut) da sind Sie der Herr Amts= rath Richter.

Richter. Aufzuwarten — ja.

Oskar. Freut mich ja ganz außerordentlich. Gestatten Sie mir, daß ich mich Ihnen vorstelle — ich heiße Oskar Richter.

Richter. — Ah so! Sie heißen Richter? So — so — so — so.

Oskar. Der Name ist etwas gewöhnlich — ich kann nicht dafür — ich komme nämlich — —

Richter (einfallend). Lassen Sie nur — (lachend) ich weiß schon, was Sie mir jetzt erzählen wollen. Sie werden sagen, Ihre Mutter ist eine geborene so und so — Ihr Vater ver= schwägert mit der Frau so und so — das Ende vom Liede ist, daß Sie mit mir verwandt sind. Hab' ich Recht?

Oskar. Nein! Sie haben nicht Recht.

Richter (sieht ihn erst groß an). Nicht? — (steht auf) entschul= digen Sie.

Oskar. Bitte.

Richter. Es ist mir nämlich so oft passirt, daß Leute, die Richter heißen, kommen und mir erzählen, daß sie mit mir verwandt sind — und da Sie den Frack anhaben —

Oskar. Ah so — ja — glaubten Sie, daß ich als verwandtschaftlicher Bittsteller käme, nein, den habe ich nur angezogen, weil ich mit Ihnen verwandt werden möchte!

Richter (bei Seite — beißt sich auf die Finger). Au — das ist ein ganz Feiner — der kommt hinten herum.

Oskar. Erlauben Sie, daß ich Ihnen die Sache erkläre.

Richter. Ja, bitte recht sehr — das interessirt mich — nehmen Sie Platz und trinken ein Glas Wein mit mir.

Oskar (sich setzend). Sie sind sehr gütig.

Richter. Legen Sie nur erst die Angströhre bei Seite (schenkt ein). Sie trinken doch Wein?

Oskar. O ja — aber heut — es ist noch etwas früh. —

Richter. Einen Mann, der keinen Wein trinkt — mag ich nicht leiden — der ist verdächtig.

Oskar (schnell das Glas ergreifend). O bitte! (trinkt schnell aus).

Richter (erstaunt bei Seite) Hat der 'n Zug! (laut) Ich wollte mit Ihnen anstoßen.

Oskar. Bitte — schenken Sie nur wieder ein — (hält sein Glas hin — dann anstoßend). Auf Ihr Wohl, Herr Amtsrath!

Richter. Danke! Also nun die Geschichte wegen des Fracks. —

Oskar. Ich bin städtischer Baumeister und verliebt.

Richter. Da haben Sie ja nette Geschäfte.

Oskar. Ich will heirathen und deshalb die Frau Commerzienräthin aufsuchen.

Richter. Sie wollen meine Nichte Fanny heirathen?

Oskar (entsetzt). Gott bewahre mich.

Richter (schüttelt ihm die Hand). Sie erschrecken! — Sie gefallen mir!

Oskar. Ich wollte um Fräulein Ella's Hand bitten.

Richter. Ella — so — so. Na das wird keine Schwierigkeiten haben — aber Sie wissen doch — Geld hat sie nicht.

Oskar. Ich verlange auch kein Geld — sie hat Geist und Gemüth — Sinn für stille Häuslichkeit, ist bescheiden in

ihren Ansprüchen an das Leben, kurz ist der granitne Unter=
grund zum Aufbau einer gesunden und dauerhaften Häuslich=
keit, sie ist die passende Frau für mich.

Richter (Glas ergreifend). Also — auf baldige Hochzeit!

Oskar (schnell austrinkend). Bis zur Nagelprobe! (Vertraulich.)
Sie glauben also, daß ich nicht vergeblich anhalten werde,
verehrter zukünftiger Onkel —

Richter (einfallend). Grog!

Oskar (erstaunt). Grog?

Richter. Ja — eh's Ihnen die Andern erzählen — so
nennen mich meine lieben Verwandten, weil ich seit Menschen=
gedenken täglich vor dem Schlafengehen ein Glas Grog trinke.
Es ärgert mich auch gar nicht, denn der Grog ist gut.

Oskar. Namentlich im Winter!

Richter. Zu allen Jahreszeiten, junger Mann. Im
Sommer kühlbar — denn je mehr Wärme innen, desto kühler
scheint die Luft — aber das gehört zu meiner Lebensphilosophie
und geht Sie nichts an.

Oskar. Ich finde es schon ganz kühl!

Richter. Uebrigens werde ich mir die Ella genauer an=
sehn, und wenn sie mir gefällt, werde ich ihr zur Aussteuer
etwas schenken.

Oskar. Das lassen Sie nur bleiben — die alten Onkels
sind eine gefährliche Sorte.

Richter. Teufelsmensch — Sie glauben doch nicht —

Oskar. Na — Sie könnten auch nicht besser sein, als
die andern.

Richter. Mein lieber Richter — Sie scheinen wenig
Umstände zu machen — das gefällt mir — beruhigen Sie
sich — ich bin kein gewöhnlicher alter Onkel — ich meine es
ehrlich.

Oskar. Na — dann kommen Sie — auf Ella! (stoßen an) Nun will ich aber zur Commerzienräthin (steht auf, nimmt seinen Hut).

Richter (ist aufgestanden — betrachtet den Frack von Oskar und lacht). Hahaha —

Oskar. Was lachen Sie denn? (besieht sich) habe ich irgend etwas — —

Richter. Ich bewundre das Kleidungsstück — eine Weste mit 'ner Schleppe — die Schöße bummeln Ihnen um die Beine, wie ein Paar Windmühlenflügel.

Oskar. Er ist doch nach der neuesten Mode.

Richter. Mode — ja — das ist ja eben das Lächer= liche. Sie müssen mir zugeben, ein Frack ist das allerdümmste Kleidungsstück, das man tragen kann.

Oskar. Da haben Sie Recht.

Richter. Weder wärmt er — noch schützt er vor Wind und Wetter.

Oskar. Richtig.

Richter. Und der Hut — es giebt nichts Geschmackloseres als solche Angströhre.

Oskar (hat Hut abgenommen). Sieht aus wie ein Kochtopf.

Richter. Schützt nicht vor der Sonne,

Oskar. Nicht vor dem Regen, kann so leicht angetrie= ben werden.

Richter. Warum tragen Sie wohl das Ding?

Oskar (achselzuckend). Es ist auch Mode.

Richter. Mode — sehn Sie — das Wort bringt mir das Blut in Wallung — denn es macht Alle verdreht. Wenn ich denke, daß ein junger Mann wie Sie — liebt — er sehnt sich danach, endlich das geliebte Wesen wieder zu sehn — in seine Arme zu schließen.

Oskar. Ja — ja — danach sehne ich mich sehr.

Richter. Und nun stellt er sich vor den Spiegel, putzt sich — das heißt behängt sich mit der abgeschmacktesten Bekleidung, die sich denken läßt — nur weil es Mode ist — und kommt nun wie eine Vogelscheuche, um sich seiner Dame vorzustellen — ja — ich, an des Mädchens Stelle — ich würde ihn auslachen!

Oskar. Sie haben ganz recht — ich komme mir selbst höchst lächerlich vor.

Richter. Grade wie ein Klex in der Natur!

Oskar. Aber es ließe sich ja gut machen — ich könnte mich umkleiden.

Richter. Ich an Ihrer Stelle thäte es.

Oskar. Ich werde es thun — schon damit Sie mich nicht auslachen. — Ihre Zustimmung habe ich also?

Richter. Meinen Segen ebenfalls — aber nur noch ein Glas.

Oskar. Nein — nachher — wenn Alles vorbei ist, ich kann es kaum erwarten, Ella vor aller Welt mein nennen zu dürfen. Sie waren niemals verheirathet?

Richter. Nein — Gott sei Dank!

Oskar. Das ist das Einzige, was mir an Ihnen nicht gefällt, Onkel Grog! (Schnell ab hinten rechts).

Richter (ihm nachsehend). Na — na — nur nicht so naseweis, alter Freund. (Sich nach vorn wendend) Aber der Mensch gefällt mir — das ist doch Wahrheit — Natur — und die sind heut zu Tage selten — so selten wie guter alter Wein! (Setzt sich und schenkt sich ein Glas ein).

6. Scene.

Hans. Plock. Richter.

Hans (von hinten rechts). Da sitzt er — kommen Sie nur, Herr Justizrath — helfen Sie ihm.

Richter. Ja, wenn Ihr denkt — daß da noch ein Tropfen brin ist — haha — (zeigt die leere Flasche).

Hans. Na Gott sei Dank!

Plock. Guten Morgen, alter Freund! (giebt ihm die Hand).

Richter. Nein — nein — dursten sollst Du nicht, alter Kerl — He — Kellner — noch eine Flasche. (Kellner kommt — geht und bringt dann eine neue Flasche.)

Hans. Ach um Gotteswillen.

Richter. Komm — setz' Dich — es ist hier sehr ge= müthlich — der Wein ausgezeichnet. (zu Hans) Du kannst gehn.

Hans. Damit ich nicht sehe, was Sie trinken — das kenne ich schon. (Ab.)

Plock. Der Mensch scheint sehr offen zu sein.

Richter. Ja — er ist ein solcher Narr — deshalb muß ich ihn in meinem Dienst behalten — ließe ich ihn unter andre Leute gehn, würde er in der kürzesten Zeit windelweich geprügelt. (Hat eingeschenkt — stößt an.) Prosit, alter Freund! (Stoßen an und trinken).

Plock. Gute Sorte.

Richter. Ah — wie wäre das hier schön — die frische Seeluft — das weite Meer — man hat immer so schönen Durst — (traut sich den Kopf) äh —

Plock. Was hättest Du zu klagen?

Richter. Wenn die lieben Verwandten nicht wären. Sie wissen, daß ich alle Jahr hierher gehe — kaum bin ich da — kommen sie auch angesegelt.

Plock. Ja, — sie lieben Dich wahrscheinlich.

Richter. Wahrscheinlich — ja — denn sie erdrücken mich mit ihrer Liebe; — der einzige Spaß, den ich habe, ist der — daß sie sich gegenseitig verklatschen. Macht mein Neffe einen schlechten Witz über mich, dann erzählt mir's die Schwägerin — und macht sie einen — erzählt's mir der Herr Neffe — so erfahre ich wenigstens alles.

Plock. Dabei lernt man seine Leute kennen.

Richter. O ich kenne sie — sie sind so freundlich, tragen mich auf Händen — sind so liebevoll — ich bin überzeugt, sie werden mich einmal anständig begraben lassen.

Plock. Wie kann man solche Gedanken haben!

Richter. Du hast Recht — das paßt gar nicht für einen Badegast — na, ich denke, ich werde ihnen die Freude auch noch lange nicht machen.

Plock. Auf Deine Gesundheit! (Stößt an).

Richter. Danke! (Trinken.)

7. Scene.

Frau Glaßen. Karl. Vorige.

(Frau Glaßen, eine einfache Fischersfrau, kommt mit Karl — ihrem Sohn, ungefähr 4—6 Jahr alt, von rechts hinten aus der Seite. Sie führt ihren Sohn an der Hand — derselbe hat einen Blumenstrauß in der Hand.)

Fr. Glaßen (zu ihrem Sohn). So — da sitzt er — der mit dem rothen Gesicht — gieb ihm den Strauß und sag' — guten Tag — Onkel Richter.

Karl (geht an den Tisch zu Richter). Guten Tag, Herr Onkel Richter — da —

Fr. Glaßen. Herr Richter, Gott grüße Sie, lasse den Wein gesegnet sein — daß jeder Tropfen, den Sie trinken, Ihnen Gesundheit und langes Leben gebe.

Richter. Danke — das ist ein Wunsch, den man sich gefallen läßt.

Fr. Glaßen. Ja — und mein Mann läßt Sie auch tausendmal grüßen, er ist draußen auf dem Fischfang.

Richter. Schön — danke — grüßen Sie ihn wieder.

Plock. Was will denn die Frau.

Richter. Nichts — nichts — ich komme morgen zu Euch — geht nur, geht — (winkt ihr zu gehen).

Fr. Glaßen. Hat er Ihnen nichts erzählt — und Sie sind doch sein Freund — denken Sie nur — im vorigen Jahre war's — da am Ufer haben wir gesessen — als unser Fischerboot untergegangen war. Ich weinte — mein Mann saß neben mir und hatte die Faust geballt — da kam der Herr und fragte — weshalb wir so traurig seien. —

Richter. Aber beste Frau —

Plock. Die Frau spricht ja zu mir —

Fr. Glaßen. Da erzählte ich ihm unser Unglück — mein Mann schalt mich aus — und sagte, er habe gesunde Hände und würde arbeiten — es wäre nicht so schlimm.

Richter. Langweiliges Geschwätz.

Plock. Laß sie doch —

Fr. Glaßen. Abends hatte ich noch viel Vorwürfe zu hören. Am andern Morgen — am andern Morgen kam der Schiffbauer und sagte — es sei ein neues Boot für uns bestellt — und auch schon bezahlt. Was er mir damit geschenkt hat, das kann ich gar nicht sagen — mein Mann war sonst immer ein braver Mensch — aber als das Unglück uns betroffen hatte, da fing er an zu trinken — aus purer reiner Verzweiflung. Jetzt ist er aber wieder der nüchternste und solideste Mann und das danke ich Ihrem Freunde da. Werd's auch nie vergessen. Jeden Abend betet unser Junge — lieber Gott — laß den Vater gesund — die Mutter gesund —

Karl. Und den Onkel.

Richter. Na — nu seid Ihr beim Abendsegen — da seid Ihr wohl fertig.

Fr. Glaßen. Ja — bis auf den Dank, der immer währen wird. Sehn Sie nur — da — da fährt mein Mann — er hat die Flagge aufgezogen, der Fang war gut.

Richter. Zieht nur auch die Flagge auf und segelt ihm entgegen, ich komme zu Euch — Adieu, adieu.

Karl. Adieu, lieber Onkel!

Fr. Glaßen. Auf Wiedersehen. (Frau und Kind treten erst hinten an die Mauer. Frau winkt mit einem Tuch heraus; dann Beide ab.)

Richter (indem er trinkt). Es freut mich, daß ich ihrem Manne das Trinken abgewöhnt habe.

Plock. Aber Du trinkst weiter.

Richter. Willst Du mir etwa Vorwürfe machen — ich trinke nicht aus Verzweiflung wie jener Mann — auch nicht aus Leichtsinn und Uebermuth wie mein Herr Neffe; ich habe mein Tagewerk vollbracht, habe Feierabend gemacht — da denke ich ist ein Trunk erlaubt.

Plock. Ich gönne es Dir. Jugend ist Trunkenheit ohne Wein — doch trinkt sich das Alter zur Jugend! Hahaha.

8. Scene.

Vorige. Kellner.

Kellner (kommt aus der Thür rechts — trägt ein Brett, auf dem Thee= kanne, Tassen und Frühstück stehen, setzt dasselbe auf den Tisch links, wo Richter und Plock sitzen — breitet eine Serviette aus und arrangirt das Frühstück).

Richter. Was wird denn das?

Kellner. Die Herrschaften haben befohlen hier zu früh= stücken — sie werden sogleich kommen.

Richter. Welche Herrschaften?

Kellner. Die Damen da oben — Frau Commerzien= räthin —

Richter. Ich glaube gar, das riecht nach Thee.

Kellner. Aufzuwarten — es ist Thee.

Richter. Den Duft kann ich nicht vertragen — da wird

2*

mir schlimm — ich mache, daß ich fortkomme (steht auf) zwei Flaschen Portwein (legt ein Zehnmarkstück hin) hier.

Kellner. Bekommen Sie drei Mark wieder —

Richter (im Abgehen — indem er Plock mit fortzieht). Werb' ich heut' Abend in Grog abtrinken. (Richter und Plock ab.)

Kellner. Das wird nicht reichen, Herr Amtsrath. (Richtet den Tisch weiter zu).

9. Scene.

Adelheid. Fanny. Ella. Kellner.

Adelheid (aus der Thür rechts tretend). Guten Morgen, mein lieber Schwager — oh — wo ist er denn?

Kellner. Der Herr Amtsrath gingen soeben fort.

Adelheid. Haben Sie nicht gesagt, daß ich käme.

Kellner. Aufzuwarten — aber er ging doch. (Ab rechts.)

Adelheid (zu Fanny). So ohne Manier — wenn er wirklich fort wollte — mußte er uns wenigstens abwarten — guten Morgen sagen — das hätte sich geschickt.

Fanny. Mir ist es lieb, daß er fort ist, Mama —

Adelheid (vorwurfsvoll). Fanny! — (Sich zu Ella wendend.) Die Luft ist kühler als ich glaubte — holen Sie mir meinen Schleier, Ella!

Ella. Sogleich. (Ab ins Haus.)

Adelheid. Ich habe Dir schon oft gesagt — Du sollst in Gegenwart Fremder mit Deinen Aeußerungen über den Onkel vorsichtiger sein.

Fanny. Ella ist doch keine Fremde.

Adelheid. Es ist besser, wir sehen sie dafür an.

Fanny. Ich kann Dir nicht sagen, wie entsetzlich lang= weilig mir der alte Onkel ist. Nichts ist ihm recht — ewig hat

er zu tadeln — meine Haare — meine Toilette — mein Be=
nehmen — von allen Seiten werden mir Schmeicheleien dar=
über gesagt — er hat immer nur Spott.

Adelheid. Mein Kind — ich wiederhole Dir, man hat
Rücksichten zu nehmen — ich selbst habe ja gar keine Sym=
pathie für ihn — seine Manieren sind nicht die besten.

Fanny. Das weiß Gott.

Adelheid. Unter dem Vorwand wahr zu sein — ist er
oft verletzend.

Fanny. Langweilig wie ein Nachmittagsprediger —

Adelheid. Ja ja — aber unsere — Deine Zukunft
hängt von ihm ab. — Du weißt wie vermögend er ist, wir
sind seine nächsten Verwandten — also, mein Kind, nimm Dich
zusammen — hörst Du — ich bin auch nicht zu meinem Ver=
gnügen hier — bringe Dir das Opfer — sei also ebenso klug
wie Du schön und elegant bist — meine reizende Fanny.
(Klopft ihr die Backen.)

Fanny. Es ist entsetzlich langweilig, Mama! (Sie setzen
sich und nehmen den Thee ein.)

Ella (aus dem Hause zurückkehrend). Hier ist der Schleier, gnä=
dige Frau.

Adelheid. Gut.

Fanny. Sie hätten mir den meinigen auch gleich mit=
bringen können.

Ella. Wenn Sie es mir gesagt hätten — gewiß, Fräu=
lein Fanny — aber ich werde ihn sogleich holen. (Geht wieder ab
ins Haus.)

Adelheid. Also, mein Kind — vergiß es nicht — sei
recht freundlich zu dem Onkel — wenn er Dir etwas sagt —
wenn es Dir auch nicht gefällt — lächle ihn an — Du siehst
so reizend aus, wenn Du lächelst und man muß im Leben oft
etwas fortlachen, was man lieber fortweinen möchte.

Fanny (seufzend.) Ich werd's versuchen, Mama.

Ella (zurückkehrend). Hier ist der Schleier — ich habe auch gleich unsere Skizzenbücher mitgebracht. (Setzt sich.)

Adelheid. Wollen Sie in diesem Anzug mit meiner Tochter ausgehen — in diesem kurzen Kleide?

Ella. Ja, gnädige Frau — Fräulein Fanny wollte am Strande zeichnen und da glaubte ich, daß ein kurzes Kleid practisch sei.

Adelheid. Practisch! — Wohin kämen wir, liebe Ella, wenn wir Alles thun wollten, was practisch ist — ich kann das Wort nicht leiden — practisch — es ist die Brücke, die zum Gewöhnlichen hinüberführt; — und es sieht entschieden schlecht aus, wenn zwei Damen mit einander gehn — von denen die eine elegant — die andre practisch angekleidet ist. Sie werden also ein andres Kostüm anlegen müssen.

Ella. Ganz wie Sie wünschen, gnädige Frau.

10. Scene.

Paul. Vorige.

Paul (von hinten rechts, bei Seite). Da sitzt die Gesellschaft schon auf der Lauer. (Laut.) Meine verehrte Tante — meine schöne Cousine — den schönsten guten Morgen, (zu Ella, die aufgestanden ist) bitte, lassen Sie sich gar nicht stören, mein Fräulein, ich will weiter, ich suche eigentlich den guten Onkel auf.

Adelheid. Ah — wollen Sie uns nicht etwas Gesellschaft leisten, es sitzt sich hier so nett.

Paul. Ich bin überzeugt — es sitzt sich sehr nett — aber wie gesagt — (sieht in die Coulisse).

Fanny. Der gute Onkel kommt sicher nachher zu uns —

Paul. So?

Adelheid. Er sagte es vorhin.

Paul (bei Ella). Dann will ich sie nicht allein mit ihm lassen. (Laut.) Wenn Sie erlauben, nehme ich etwas Platz. (Setzt sich.) Wohl Ihr Skizzenbuch, schöne Cousine.

Ella. Es ist das meine.

Paul (blätternd). Ah charmant — reizend — die bewegte See musterhaft — Möven magnifique — das Schaukeln der Boote ist natürlich — man könnte seekrank werden — wahrhaftig — viel Talent, mein Fräulein. (Giebt das Buch zurück.)

Ella. Sie sind sehr nachsichtig.

Paul. A propos — da habe ich Ihnen gestern etwas ausgeführt — schöne Cousine — die Karrikatur vom Onkel Grog — eine reizende Idee — er sieht über einen Zaun — man weiß nicht, ist es sein Gesicht oder die untergehende Sonne — charmant — er hat sich darüber amüsirt. (Giebt ein Blatt zurück, welches er aus der Brieftasche genommen.)

Fanny. Er?

Adelheid. Sie haben ihm das Bild gezeigt?

Paul. Ja — (stimmt zu).

Adelheid. Haben gesagt, daß es Fanny gezeichnet hätte?

Paul. Ja.

Adelheid. Ah — das ist stark! ⎫
Fanny. Das ist nicht hübsch von Ihnen. ⎭ (Zugleich.)

Paul. Aber erlauben Sie — Sie wissen ja am besten, daß er dergleichen Scherze liebt — neulich hatten Sie ihm erzählt, daß ich ihn Onkel Grog getauft hätte, ja ja — ich weiß es — so etwas beruht auf Gegenseitigkeit!

Adelheid (steht auf). Das arme Kind hat sich gar nichts dabei gedacht.

Paul. O ich mir auch nicht, (steht auf) nicht das Allermindeste.

Adelheid. Du wolltest ja zeichnen, Fanny — geht — ich erwarte Euch hier.

Ella. Ich wollte erst Toilette machen. (Steht auf.)

Adelheid. Bleiben Sie nur — mag es heut so gehn.

Fanny. Wir kommen bald zurück. Adieu, Herr Vetter! (Fanny und Ella links hinten ab.)

Adelheid (gereizt). Ich muß Ihnen sagen, daß Ihre Handlungsweise leicht zu durchschauen ist.

Paul. Meinen Sie, verehrte Tante?

Adelheid. Sie setzen uns bei meinem Schwager herab — — um selbst Vortheil zu haben. (Geht auf und ab.)

Paul. Sie irren sich — aber bitte, setzen Sie sich — ich habe Ihnen einen Vorschlag zu machen — — möchte nicht zu laut sprechen — auf Ehre, einen guten Vorschlag.

Adelheid (sich setzend). Gut denn — ich bin gespannt!

Paul. Sie wissen — ich wollte Diplomat werden —

Adelheid (noch gereizt). Ja — aber das Examen — —

Paul. Lassen wir das — ich will ganz offen sein. Wir lieben beide den Onkel Grog — nicht wahr?

Adelheid. Was mich betrifft — ich liebe ihn aufrichtig.

Paul. Ich nicht minder! — Auf Ehre! Wir sind seine nächsten Verwandten.

Adelheid. Allerdings.

Paul. Voraussichtlich — (nachdem er sich umgesehen) seine Erben.

Adelheid. O sprechen Sie davon nicht — ich hoffe, daß er noch recht lange lebt, der gute Onkel.

Paul. Ich ganz sicher auch — aber für den eintreten= den Fall, — ist es nicht besser, daß wir uns gegenseitig nützen, als uns gegenseitig zu schaden suchen.

Adelheid. Hm — Sie meinen — —

Paul. Vergleichen wir unsere Aussichten. Sie sind eine ebenso liebenswürdige, als gescheidte Frau.

Adelheid. Zu gütig.

Paul. Alles, was Recht ist — haben eine schöne Toch= ter — es ist gar kein Wunder, wenn ein alter Herr sich in so liebenswürdiger Gesellschaft wohl fühlt, seine ganze Neigung sich Ihnen zuwendet. Ich dagegen habe die Chance, mit ihm zu frühstücken, Abends mit ihm aufzusitzen. — Der Wein und lustige Gesellschaft haben schon manche Neigung begründet — außerdem liebt er die Pferde — und ich kann wohl sagen, ich habe einigen Pferdeverstand. Meine Chancen sind nicht schlecht. Wie?

Adelheid. Ich verstehe noch nicht —

Paul. Wenn wir uns gegenseitig schaden, kann es leicht sein, daß ein Dritter die Früchte einheimst, während es auf der andern Seite sich nur darum handeln könnte, ob Sie so viel und ich so viel, oder ob ich so viel und Sie so viel bekämen,

Adelheid. Und, und —

Paul. Ich schlage Ihnen also vor — machen wir Frie=den — hören wir auf, uns zu schaden — und tritt einst der traurige Fall ein. — daß der Onkel Grog —

Adelheid. Was der Himmel noch lange verhüten möge.

Paul. Noch lange, das ist auch mein sehnlichster Wunsch.

Adelheid. Aber wenn es geschieht?

Paul (leise). Mag es kommen, wie es will — dann theilen wir. — Nun, was sagen Sie?

Adelheid. Der Vorschlag ist nicht schlecht!

Paul. Ich meine auch — also, verehrte Tante — offner kann man nicht sein — wollen Sie oder wollen Sie nicht. (Hält ihr die Hand hin.)

Adelheid. Sie haben eigentlich Recht — hier — ich schlage ein — unser Bündniß kann Niemand schaden.

Paul. Und uns nur nützen — (küßt ihr die Hand) verehrte Tante, ich denke, wir sind jetzt die besten Freunde.

Adelheid. Aber daß Niemand davon ein Wort erfährt.

Paul. O die erste Pflicht des Diplomaten ist Discretion.

11. Scene.

Fanny. Ella. Vorige.

Fanny. Mama! — der Onkel —

Adelheid. Streich Deine Locken etwas zurück — er liebt das nicht und es steht Dir doch so gut. (Streicht ihr die Haare.) Du hast frische rothe Backen — siehst sehr gut aus.

Paul. Ganz charmant.

12. Scene.

Richter. Vorige.

Richter (von links auftretend).

Adelheid. Mein lieber Schwager — wie freue ich mich Sie zu sehen. (Geht ihm entgegen).

Paul. Ich ebenfalls, lieber Onkel. (Begrüßung.)

Richter. Danke — danke — da ist ja die ganze Familie beisammen — auch Fanny —

Adelheid. Gieb doch dem Onkel einen Kuß, Fanny.

Richter. Das kann man sich gefallen lassen.

Fanny (küßt Richter — wischt sich dann seitwärts gewendet mit dem Taschentuch den Mund).

Richter (giebt Ella die Hand). Guten Tag, liebe Ella — ich habe mich heute schon über Sie gefreut — Sie waren am Strande die einzige Dame, die vernünftig gekleidet war.

Adelheid (zu Ella). Sie können hinauf gehen. (Ella ab.)

Richter. Merkwürdig bleibt es doch, daß Eure Aerzte Euch alle hierher geschickt haben. Was fehlt Ihnen eigentlich.

Paul. Ich habe ein ganz eigenthümliches Leiden, fabel=

haftes Reißen im linken Bein — durch die Unvorsichtigkeit eines Kellners zugezogen. Hahaha —

Richter. Oh —

Paul. Denken Sie, lieber Onkel, — dieser Böotier stellt mir alle Morgen, wenn ich meinen Sect trinke, den Eiskübel immer auf die linke Seite — das linke Bein immer kalt ge= stellt — das kann der Zehnte nicht ertragen.

Richter. Da haben wir ja eine ganz neue Krankheit — Sect=Rheumatismus.

Paul. Ha ha ha, charmanter Witz!

Richter. Wollen wir uns nicht etwas setzen — ich habe einen langen Spaziergang gemacht. (Setzen sich.)

Adelheid. Fanny, hole dem guten Onkel ein Kissen.

Richter. Nein — nein — das ist nicht nöthig. —

Fanny. Gewiß, lieber Onkel — sehr gern. (Geht ins Haus.)

Adelheid. Ich bin eigentlich nur des guten Kindes halber hier, — der Doctor hat ihr Seeluft verordnet, — sie ist durch den Winter sehr angegriffen.

Richter. War sie krank?

Adelheid. Oh nein — aber die vielen Bälle — Gesell= schaften und Routs.

Fanny (aus dem Hause mit einem Kissen). Ja — denken Sie nur, 16 große Bälle und 14 Soupers habe ich mitmachen müssen — und fast zu jedem eine neue Toilette gehabt.

Richter. Alle Wetter — da wäre die Hälfte auch genug gewesen.

Adelheid. Wenn man sich einmal in anderem Leben bewegt — ist es schwer sich zurückzuziehen.

Paul. Ja — das ist wahr — fast unmöglich, die Routs muß man besuchen.

Richter. Routs — was ist das?

Adelheid. Eine neue Form für die Gesellschaft — man

kommt zusammen — in bester Toilette — zeigt, daß man zur guten Gesellschaft gehört — macht den Wirthen eine Verbeugung, — unterhält sich eine Stunde, — setzt sich nicht — genießt nichts und geht wieder. Voilà tout.

Richter. Da lob' ich mir die alte Sitte — nach der man die Beine unter den Tisch steckte und gut zu essen und zu trinken bekam. Geht mir mit Euren Hunger-Routs.

Fanny. Sie sind aber sehr in Mode, Onkel.

Richter. Mode — so — freilich — wenn es Mode ist — dann hört der gesunde Menschenverstand auf und die Narrheit fängt an.

Adelheid. Aber, lieber Schwager, Sie thun grade, als ob alles närrisch sei, was die Mode bringt — wir nehmen doch nur von der Mode das an, was unserm Geschmack zusagt — was schön ist.

Richter. Wenn das wäre, hätte ich nichts dagegen — Ihr nehmt aber das Unnütze und Unschöne an — nur weil es Mode ist.

Adelheid. Sie gehn zu weit.

Richter. So — nun lieber Neffe, weshalb tragen Sie denn dieses Stöckchen? (Nimmt einen Stock von Paul und besieht ihn.)

Paul. Dies Stöckchen (ein halb großer Stock) nun, es ist ganz modern — lieber Onkel.

Richter. Zum Stützen ist das Stöckchen zu klein — wenn Du Jemand durchprügeln willst, ist es zu schwach — und zu schwach Dich zu wehren, wenn Du durchgeprügelt werden sollst — was auch vorkommen kann — es ist also unnütz. — Warum besuchen Sie Ihre Routs, obgleich sie langweilig sind — weil es Mode ist; und Deine Schleppe, liebe Fanny, habe ich auch schon bewundert.

Fanny. Die ist allerdings nach der neuesten Mode.

Richter. Ja — das glaube ich — aber die neueste Mode

kann nicht verhindern, daß Ihr wie eine wandelnde Staubsäule einhergeht und allen Unrath zusammenkehrt.

Adelheid. Kleine Opfer muß man der Mode doch bringen.

Richter. Opfer bringen — jawohl — das ist der richtige Ausdruck. Die Mode ist Euer Götze — dem Ihr Opfer bringt, wie die alten Heiden ihren Götzen opferten. — Euer Heiligstes und Bestes opfert Ihr da auf — den letzten Athemzug schnürt ihr Euch aus der Brust — geht in den Hundstagen in Pelzen und bei zwanzig Grad Kälte in dünnem Flor — wenn es die Mode will, bald tragt Ihr Kleider, so weit, daß Ihr wie ein Ballon in die Luft steigen könnt. —

Fanny. Das ist lange vorbei, Onkel.

Richter. Ja — und jetzt geht Ihr dafür wie die eingewickelten ägyptischen Mumien einher — vom Gehen ist gar nicht die Rede — nur Trippeln könnt Ihr. Bald tragt Ihr einen Kopfputz wie die Schlittenpferde — die Mähnen lang herabhängend — dann wieder die Haare in die Stirn gekämmt — grade wie die Stallpinscher. — Was hat Eure Kleidung für einen Zweck — sie wärmt nicht — sie kühlt nicht — sie ist nur modern. Sie verhüllt nicht, sie verschönert nicht — sie ist nur modern.

Adelheid. Aber, lieber Schwager, Sie ereifern sich um das bischen Schleppe.

Richter. Oh — das Stückchen Zeug ist es nicht allein, was Ihr da hinter Euch herzieht — die Schleppe hindert Euch Hausfrauen zu sein — hindert Euch in den Keller oder auf den Boden zu gehn — Eure Wirthschaft in Ordnung zu halten — sie wird Euch zur Hauptsache — und dabei wird zuletzt häusliches Glück — Ehre und Tugend — an den Nagel gehängt. Deshalb ärgert sie mich. (Schlägt auf den Tisch.) Tausend sapperment.

Paul. Lieber Onkel — Sie ereifern sich.

Richter. Ja — dabei muß man sich ereifern — das Herz dreht sich mir im Leibe um — wenn ich sehen muß, daß ein großes braves Volk — mein Volk sich von windigen französischen Stutzern an der Nase herumführen läßt. — Wodurch sind wir denn groß geworden, dadurch, daß Sparsamkeit, Einfachheit, Arbeit regierte im Palast wie in der Hütte, dabei lebten unsre Aeltern und Großältern glücklicher als wir. Aber heut zu Tage ist das Alles anders. Zu der Stunde, wo man in guter alter Zeit seine Ruhe aufsuchte — geht man jetzt erst in Gesellschaft — die Nacht wird zum Tage — die Männer sind alle auf der Jagd nach dem Glück — während das Unglück ihnen auf den Fersen ist — die Frauen stolziren in Sammt und Seide, können nicht mehr erröthen, weil der Puder und die Schminke zu dick auf ihren Wangen liegen, die Töchter gehen auf hohen Hackenschuhen einher — denken auch nur an Putz, Zerstreuung und Vergnügen — dabei erlischt das heilige Feuer auf dem häuslichen Heerde, die guten Geister ziehen aus und überlassen die öde Stätte den Dämonen der Eitelkeit und der Genußsucht — bis der große Zusammensturz einst Alles unter den Trümmern begraben wird. (Schlägt auf den Tisch.) Verzeiht, mir geht die Galle ins Blut, wenn ich denke, wie es kommen muß — ich will Euch aber mit meinen Grillen nicht weiter lästig werden. Gott beßre es — Guten Morgen. (Ab rechts, kleine Pause, — Alle sehen ihm nach.)

Fanny. Haha — Mama — was sagst Du dazu? — Alles wegen der bischen Schleppe.

Paul. Wahrscheinlich hat er sehr gut gefrühstückt.

Adelheid. Geht ihm nach, Kinder — er muß sehn, daß wir den höheren Tact haben und seine Fusel-Declamation nicht übel nehmen.

Paul. Kommen Sie, Cousine (giebt ihr den Arm, im Abgehen) streuen wir Asche auf unser Haupt, das wird ihn beruhigen. (Paul und Fanny ab.)

Adelheid. Es gehört viel Ueberwindung dazu, solche Dinge ruhig hinzunehmen. — Wenn ich über seine Sitte reden wollte, im Gegensatz zu bäurischen Manieren, könnte der gute Schwager auch Manches zu hören bekommen.

13. Scene.

Valentin. Adelheid.

Valentin (bei Seite). Er ist nicht mehr hier — (laut) Verzeihung, Madame.

Adelheid. Sprechen Sie zu mir?

Valentin. Ich bin so frei — ich suche den Herrn Amtsrath Richter — er sagte mir, daß ich ihn hier abholen sollte — wir wollten zusammen Mittag essen.

Adelheid. Er mit Ihnen?

Valentin. Nu, wie Sie wollen, ich mit ihm.

Adelheid (ihn musternd). Merkwürdige Gesellschaft hat mein Schwager.

Valentin (bei Seite). Was sieht sie mich denn so an?

Adelheid. Sie kennen also den Herrn Amtsrath näher.

Valentin. Das will ich meinen — wir sind ja Nachbarn im Dorfe — und wenn irgend was los ist, schickt der Amtsrath zu mir.

Adelheid. So — so — nun der Amtsrath ist mein Schwager.

Valentin. I — sehn — se — mal — da sind Sie gewiß auch ne nette Frau — denn was zu dem gehört, das ist ein guter Schlag — ja wahrhaftig, bis runter auf's Rindvieh, — da ist Race drin!

Adelheid (bei Seite). Scheint so!

Valentin. Haben Sie seine Holländer schon gesehn? — es ist ne Pracht — ein Stück immer schöner, wie das andre.

Adelheid. Mein Schwager ist dorthin gegangen — Sie werden ihn sicher finden.

Valentin. Aha, (bei Seite) das ist keine vom Lande — von Vieh versteht sie nichts — (laut) Na — nichts für ungut — ich werde den Amtsrath suchen — empfehle mich, Madame. (Ab.)

Adelheid. Abieu, mein Lieber! — freilich wenn man mit solchen Menschen verkehrt — da muß jedes zarte Gefühl verloren gehn. (Will ins Haus.)

14. Scene.

Oskar. Adelheid.

Oskar (auftretend). Da ist sie ja (er hat eine Joppe an und runden Hut auf) und allein — welches Glück (auf sie zutretend) Frau Commerzienräthin.

Adelheid (wendet sich um — sehr erstaunt). Mein Herr!

Oskar. Ich bitte um ein paar Worte.

Adelheid (für sich). Was sich hier für Gesindel umhertreibt.

Oskar. Sie kennen mich vermuthlich nicht mehr.

Adelheid. Ich erinnere mich nicht, mein Herr.

Oskar. Ich heiße Oskar Richter — bin städtischer Baumeister.

Adelheid. So?

Oskar. Ich wurde Ihnen bereits einmal bei der Geheimräthin Koller vorgestellt.

Adelheid. Es ist möglich.

Oskar. Oh, so etwas vergißt sich leicht — das hat nichts zu sagen.

Adelheid. Was wünschen Sie?

Oskar. Ich wollte Ihnen soeben einen Besuch machen.

Adelheid (erstaunt, bei Seite). Mir einen Besuch, (laut) das konnte ich, Ihrem Aeußeren nach, allerdings nicht vermuthen.

Oskar. Es führt mich ein sehr wichtiges Anliegen zu Ihnen.

Adelheid. Dann bitte, reden Sie. — So wie Sie sind, kann ich Sie im Freien eher anhören, als im Salon.

Oskar. Lassen Sie mich ganz offen ein Geständniß machen. Frau Kommerzienräthin — ich liebe.

Adelheid (bei Seite). Der Mensch wird doch bei Verstande sein. (Laut.) Was habe ich damit zu thun, mein Herr?

Oskar. Oh, sehr viel — ich liebe Fräulein Ella.

Adelheid. Die Gesellschafterin meiner Tochter?

Oskar. Ihre Verwandte.

Adelheid. Was wissen Sie davon?

Oskar. Nun, sie ist doch Ihre Verwandte?

Adelheid. Mein Herr — Sie sprechen eine Dame von Distinction ohne Weiteres auf offner Straße an — geben vor, eine Visite machen zu wollen in einem Anzuge — der nothdürftig zu einer Jagd passend ist — und verlangen Auskünfte über meine verwandtschaftlichen Verhältnisse — mit einer gewissen Zudringlichkeit — das ist denn doch mehr, als ich zu ertragen gesonnen bin.

Oskar (bei Seite). Da bin ich ja gut angekommen. (Laut.) Wenn ich Sie verletzt haben sollte — vergeben Sie mir, gnädige Frau — aber meine Gefühle sind so wahr und aufrichtig.

Adelheid. Ihre Gefühle, mein Herr, sind Nebensachen. —

Oskar. Oh —

Adelheid. Wenn wir immer nur nach unsern Gefühlen handeln wollten — wo kämen wir hin — die Form ist die Hauptsache. Wenn Sie sich für dieses Mädchen — diese Ella,

VIII.   3 interessiren, so müssen Sie zuerst wünschen, in mein Haus Eintritt zu erlangen.

Oskar. Das wünsche ich — sobald als möglich. —

Adelheid. Und kommen in diesem Anzuge?

Oskar. Ich habe heute nur einige Stunden Zeit, gnädige Frau — Sie wollen entschuldigen —

Adelheid. Entschuldigen Sie — denn ich habe gar keine Zeit mehr. Empfehle mich Ihnen, mein Herr. (Ab rechts.)

Oskar. Da haben wir's — aber das thut nichts — zum Glück will ich die Alte ja nicht heirathen und zuletzt wird sie ja doch nachgeben müssen. Wenn ich nur Ella einmal sehen könnte — (ruft) Ella — Ella! —

15. Scene.

Richter. Oskar.

Richter. Ei — ei — mein Lieber — das schickt sich wohl nicht.

Oskar. Was?

Richter. Was Sie da thun — von der Straße aus ein junges Mädchen ans Fenster zu rufen.

Oskar. Verehrter Onkel Grog — wenn ich Ihre Rath- schläge nicht befolgt hätte — brauchte ich allerdings hier nicht zu rufen. — Lassen Sie mich gefälligst — Ella —

Richter. Ja, was ist Ihnen denn passirt?

Oskar. Sie haben mich vorhin so lächerlich gemacht, als ich mit dem Frack und der Angströhre Visite machen wollte — daß ich diesen Anzug anlegte.

Richter. Sie sehen ganz vortrefflich aus.

Oskar. Wenn Sie mich hübsch finden — das nutzt

mir gar nichts — der Frau Commerzienräthin habe ich gar nicht gefallen — sie hat mir die Thür vor der Nase zugemacht.

Richter. Hahaha — köstlich.

Oskar. Da ist gar nichts zu lachen, Herr Grog.

Richter. Lassen Sie gut sein — hahaha — ich werde Ihnen helfen — ich rufe mit — Ella — Ella! —

Commerzienräthin (erscheint auf dem Balkon). Was soll denn das bedeuten?

Oskar. Da haben wir's. (Beide links ab.)

16. Scene.

Fanny. Paul.

Fanny (mit dem Skizzenbuche). Hier ist die beste Aussicht — ich werde hier zeichnen — wollen Sie mir einen Sessel holen. (Bleibt im Hintergrund an der Mauer.)

Paul. Mit Vergnügen. (Holt einen Sessel)

Fanny. Die Sonne blendet so sehr — es wird doch nicht gehn. (Setzt sich, nimmt das Buch vor.)

Paul. Da schaffe ich Rath — dort liegt ein Strohhut — dazu mein Stock — das giebt einen famosen Schirm. (Er hängt einen großen runden Strohhut, den Ella vorhin auf dem Tisch liegen ließ, über sein Stöckchen.) Da behauptet der Onkel Grog, das Stöckchen sei nicht practisch. — Robinson konnte es nicht besser machen, (er ist zu Fanny getreten und schützt sie vor der Sonne) ist's so recht?

Fanny. Sehr schön — aber Sie werden müde werden, Vetter.

Paul. In Ihrem Dienst wird man nicht müde.

Fanny (zeichnend). Sehr galant!

Paul. Gegen Verbündete ist das Pflicht.

3*

17. Scene.

Adelheid. Ella. Vorige.

Adelheid (tritt aus dem Hause). Ah — charmant — welch' reizendes Bild — das müßte ein Maler aufnehmen.

Paul. Mir schläft der Arm dabei ein. (Wechselt die Hände).

Adelheid. Kinder — so müßt Ihr sitzen bleiben — das muß Onkel sehn — eine entzückende Gruppe.

Ella (ist an den Tisch getreten). Ich hatte meinen Hut hierher gelegt.

Paul. Den haben wir, mein Fräulein.

Ella (geht nach dem Hintergrunde zu Paul und Fanny).

Adelheid. Ich sehe den Onkel — bleibt ganz so — Ella, treten Sie nicht zu nah heran — stören Sie das Bild nicht.

18. Scene.

Richter. Oskar. Vorige.

Richter (links zu Oskar.) Bleiben Sie hier, bis ich Sie rufe.

Oskar. Schön — schön — (bleibt links an der Coulisse stehen).

Adelheid. Lieber Schwager — sehn Sie nur — wie reizend —

Oskar (bei Seite). Ja, sie sieht reizend aus.

Richter. Sehr gut — (sieht sich nach Oskar um) ich komme mit einem Anliegen, beste Schwägerin — ich möchte für Jemand ein gutes Wort einlegen.

Adelheid. Einen bessern Fürsprecher könnte er nicht haben, als Sie.

Richter. Er hat ein Anliegen — und ich möchte es unterstützen.

Adelheid. Was könnte das sein?

Richter. Mag er selbst vortragen, (winkt Oskar) kommen Sie nur.

Oskar (tritt vor). Gnädige Frau.

Richter. Mein Schützling — der städtische Baumeister Richter.

(Während dem hat Paul mit Fanny gesprochen — dabei den Stock sehr schräg gehalten — so daß der Hut von Ella über die Mauer ins Wasser gefallen ist.)

Ella (von hinten). O weh, mein Hut — er ist ins Meer gefallen, wie schade — o — o — da schwimmt er. —

Oskar. Gnädige Frau — ich wollte — (hat den Vorgang gesehen, zieht sich den Rock aus und wirft ihn fort).

Adelheid. Was wird denn das — (weicht erschreckt zurück).

Oskar. Verzeihen Sie — (eilt nach hinten und schwingt sich über die Mauer) Ella — ich hole Ihren Hut.

Richter. Alle Wetter — war das ein Sprung.

Ella. Mein Gott, wie unbesonnen!

Fanny. Thöricht — um einen Stohhut.

Paul. Er wird ihn gleich holen — da — er apportirt ihn sehr gut — brava — brava!

Adelheid. Ich bin noch ganz starr — vor meinen Augen den Rock auszuziehen — Ella — das ist wieder Ihre Schuld. (Ella tritt zu ihr.)

Oskar (von links, Haare naß in die Stirne hängend und den nassen Strohhut in der Hand). Hier ist der Hut — meine liebe Ella — (will auf sie zu).

Adelheid. O — mein Herr — Sie sind ja ganz naß — und in dem Anzuge. — Ei — ei — ei! (Zieht Ella rechts in die Thür.)

Richter (zu Oskar). Herr — Sie scheinen ein Pechvogel zu sein — ich lasse Ihnen einen steifen Grog machen. (Indem er ihn bei der Hand nimmt und links fortzieht

fällt der Vorhang.)

Zweiter Akt.

Großer Salon auf dem Gute des Amtsrath Richter. Thüren in der Mitte, rechts und links. Ein Tisch und Sessel links — ein Etablissement rechts vorn.

———

1. Scene.

Richter. Hans.

Hans (mit Aufräumen beschäftigt). Das ist eine Wirthschaft jetzt — man braucht gar nicht aufzuhören mit Aufräumen — sowie die Gesellschaft hier gewesen ist, liegt Alles wieder bunt durcheinander. Wie schön waren sonst die Zeitungen geordnet — im Dunkeln konnte man sie finden, und jetzt — — na, wenn ich der Herr Amtsrath wäre —

Richter (ist von links eingetreten). Was würdest Du dann thun?

Hans (sich umsehend). Ach, Herr Amtsrath!

Richter. Ich frage, was Du thun würdest an meiner Stelle?

Hans. Ich ließe anspannen, — packte die lieben Verwandten alle in den Wagen und gäbe dem Kutscher ein gutes Trinkgeld, daß er recht schnell davon führe.

Richter (hat sich gesetzt). Hans — das verstehst Du nicht.

Hans. Da haben der Herr Amtsrath Recht — das verstehe ich wirklich nicht. Als wir im Bade mit ihnen zusammen waren, sind Sie ihnen immer aus dem Wege gegangen, nun lassen Sie sie zu sich herkommen — morgen sind es vier Wochen, daß sie schon hier sind — na, ich will den Tag segnen — wenn das Haus wieder rein ist.

Richter. Ich will Dir etwas sagen, lieber Hans. Wahrscheinlich hättest Du auch, wenn Du der Herr Amtsrath wärst, den Hans — diesen Tölpel von Diener — mit dem er sich nun schon manch liebes Jahr quält, längst zum Teufel gejagt.

Hans. Ganz gewiß, Herr Amtsrath — den Kerl hätte ich —

Richter. So — na, ich hab's aber nicht gethan — und werde also wohl meinen Grund dazu haben. Nimm also an, daß ich zu Allem, was ich thue, einen verständigen Grund habe. Wenn ich ausreite, will ich mir Bewegung machen — und wenn ich trinke —

Hans. Werden der Herr Amtsrath wohl Durst haben.

Richter. Sehr richtig. Zerbrich Dir also den Kopf nicht — und denke lieber an Deine Pflicht — es ist gleich elf Uhr und ich warte nicht gern auf meinen Portwein.

Hans (sieht nach der Uhr.) Da halten der Herr Amtsrath immer auf große Pünktlichkeit — ich aber auch — es sind noch zehn Minuten Zeit.

Richter (nach der Uhr sehend). Der Kerl hat Recht; — gestern habe ich aber gewartet — und sah aus dem Fenster, wie Du im Garten Erdbeeren pflücktest.

Hans (sich den Kopf kratzend). Ja — ja — — es ist wahr! — Ach die Weiber — Herr Amtsrath!

Richter. Die Weiber?

Hans. Die Kammerjungfer hatte mich gebeten, ihr Erdbeeren zu pflücken.

Richter. So — Du Hallunke — da konnte ich verschmachten.

Hans. Herr Amtsrath — wenn Sie die Augen gesehen hätten — Sie hätten den Portwein stehen lassen und selber mitgepflückt.

Richter. Du wirst auf Deine alten Tage noch Dumm=
heiten machen.

Hans. Das denke ich selbst manchmal. Wenn ich sie
ansehe — da wird mir ganz schwach.

Richter. So sieh sie doch nicht an.

Hans. Es hat nichts zu sagen — wenn sie spricht, da
ist's wieder vorbei. Sie ist nämlich so schnippisch — daß ich
dann immer wieder abgekühlt werde.

Richter. Du faselst, Hans — es ist elf Uhr.

Hans. Ja — ich hole das Frühstück. — (Geht und kehrt
zurück). Ach — ich habe noch etwas auf dem Gewissen — ich
muß Sie doch immer eine Stunde einschließen — wenn ich
den Portwein hineingebracht habe.

Richter. Ja — so gut wie er ist — würde er mir durch
die Gesellschaft verdorben.

Hans. Ihr Herr Neffe fragte, was Sie denn immer in
der Stunde trieben.

Richter. Nun?

Hans. Ich sagte ihm — daß der Herr Pastor jeden
Tag um die Stunde käme und da wollten der Herr Amtsrath
mit ihm allein sein.

Richter. Das ist ganz vernünftig — so schnurrig wie
der Einfall ist.

Hans. Ja — aber es ist doch eine Lüge!

Richter. Ich vergebe sie Dir, Hans — wenn Du nun
recht schnell mein Frühstück bringst. (Ab links.)

Hans. Ich dachte mir, daß ihm das gefallen würde —
na und verdenken kann ich's ihm nicht, daß er lieber allein
trinkt als mit dem Herrn Paul — (man hört Minna ein Lied trillern)
da — hört sich doch gerade an, als wenn eine Lerche singt
— eigentlich schöner — wie eine Nachtigall.

2. Scene.

Minna. Hans.

Minna (tritt singend durch die Mitte ein, — sieht Hans und hört plötzlich auf zu singen — geht an den Tisch rechts und ordnet Gegenstände, die zur Stickerei gehören).

Hans. Warum hören Sie denn so plötzlich auf zu singen, Minna?

Minna. Sehr einfach! — wenn ein Kanarienvogel singt und eine große Dogge kommt an den Käfig — wird er auch aufhören.

Hans. Ach so — Sie sind der Vogel und die Dogge bin ich?

Minna. Sie sind sehr scharfsinnig.

Hans. Es ist recht — sehr recht — daß Sie mir so etwas sagen — (bei Seite) das kühlt mich ab.

Minna. Sie machen immer ein so griesgrämiges und sauertöpfisches Gesicht — da vergeht einem die Heiterkeit.

Hans. Na hören Sie mal. — Sie können doch nicht klagen, ich habe noch keinen Menschen so freundlich angesehen wie Sie — und Erdbeeren habe ich auch noch Niemand ge=pflückt.

Minna. Lieber Gott — die paar Erdbeeren. (Zuckt die Achsel.) Ihnen thut wohl der Rücken weh' von dem Bücken?

Hans. Schön — sehr schön — das kühlt mich ab.

Minna. Was reden Sie denn immer von abkühlen?

Hans. Das ist mein Geheimniß.

Minna. Ein Geheimniß — was Sie sagen — ah — ich bin entsetzlich neugierig — das muß ich wissen, was ist das für ein Geheimniß — lieber Hans — verrathen Sie's mir doch — bitte. — —

Hans (abwehrend). Ich weiß nemlich nicht — ob ich Sie liebe oder Sie hasse.

Minna. Ha ha — das ist gottvoll.

Hans. Lachen Sie nur immer zu — es ist so. —

Minna. Ja wenn Sie's nicht wissen — ich kann es Ihnen nicht sagen.

Hans. Sie sehen aus wie ein Engel und sind doch ein Satan.

Minna. Ich danke für das Kompliment — das kühlt mich auch ab. (Wendet sich fort.)

Hans. Hm — das war nicht so böse gemeint — es fährt einem einmal so ein Wort heraus — sein Sie nur wieder gut — sehn Sie nur wieder etwas freundlich aus. —

Minna (abwehrend). Laffen Sie mich! —

Hans. Bitte! (Stößt sie an.)

3. Scene.

Richter. Hans. Minna.

Richter. Himmel Sakerment — Hans?

Hans. Ach herrjeh!

Richter. Schneidet der Kerl die Kur und läßt mich wieder —

Hans. Verdursten — ich gehe ja schon, Herr Amtsrath! (Schnell ab durch die Mitte.)

Richter. Hallunke! — Taugenichts!

Minna. Ich mache, daß ich fortkomme! — (Will fort.)

Richter. Bleiben Sie nur — mein Kind — ich thue Ihnen nichts — ich bin nur auf den unaufmerksamen Menschen ungehalten. — Sie sollen mir sagen, wo meine Schägerin hingefahren ist.

Minna. In die Stadt zur Schneiderin.

Richter (vergnügt). So — so läßt sie in dem kleinen Nest arbeiten?

Minna. Sie hat Alles angegeben, — hat auch die neuesten Modekupfer hingeschickt.

Richter. Die sie neulich erhielt?

Minna. Ja es waren ganz merkwürdige Bilder.

Richter. Das glaube ich, ich habe sie selber zeichnen und als neueste Mode ihr zusenden lassen.

Minna. Heut sollen die neuen Toiletten fertig sein für die Damen.

Richter (vergnügt). Das wird ein vergnügter Tag! Wie gefällt es Ihnen denn auf dem Lande?

Minna. Passabel — Landluft ist ja sehr gesund — aber daß kein Militair hier steht, ist doch mangelhaft.

Richter. Sie sind offen — das hab ich gern, Frauen= zimmerchen — aber Ihrethalben kann ich mir doch keine Gar= nison halten. (Kneift sie in die Backen).

Hans (kehrt durch die Mitte zurück — trägt ein Brett, mit einer Flasche Portwein und Glas, sieht, daß Richter Minna die Backe kneift). Hem — hem.

Richter. Bist Du schon da?

Hans. Ja — ich bin da. — Wollen Sie nicht gleich mitkommen, Herr Amtsrath?

Richter. Trage nur hinein.

Hans. Oh — die Weiber — die Weiber! (Trägt den Wein in die Thüre links).

Richter. Sagen Sie aufrichtig — gefällt Ihnen mein Hans?

Minna. O ja — aber so gut wie er Ihnen gefällt, wahrscheinlich nicht — dazu ist er nicht jung genug.

Richter. Wie alt sind Sie denn?

Minna. Ach — da habe ich mich noch nicht darum gekümmert.

Richter. Mords=Frauenzimmer.

Hans (aus der Thüre links). Der Herr Pastor ist drin, Herr Amtsrath!

Richter. Den will ich nicht warten lassen. — Hans, daß Du keine Thorheiten machst. (Ab links.)

Hans. Ich mache keine! — Gefällt Ihnen wohl sehr gut, der alte Herr?

Minna. Warum denn nicht — ich habe eine Passion für die Alten.

Hans. So — das freut mich — denn ich bin —

Minna. Das heißt, S i e sind mir noch nicht alt genug! (Ab durch die Mitte).

Hans. Ich bin ihr nicht alt genug — das verstehe ich nicht — aber die Passion an ihr gefällt mir auch nicht.

4. Scene.

Paul. Hans.

Paul (durch die Mitte). Die Damen sind zurückgekehrt — helfen Sie doch der Kammerzofe — es sind eine Menge Schachteln auf dem Wagen.

Hans. O die Weiber! — (Will fort.)

Paul. Wo ist der gute Onkel?

Hans. Da brin.

Paul. Hat er schon gefrühstückt?

Hans. Ich glaube nicht.

Paul. Da werde ich ihm Gesellschaft leisten.

Hans. Das geht nicht — der Herr Pastor sind bei ihm.

Paul. Der Herr Pastor — schon wieder?

Hans. Mit dem ist er gern allein.

Paul. Der kommt ja jetzt alle Tage — was hat er nur mit dem vor?

Hans. Darum bekümmert sich unsereins nicht. (Will fort.)

Paul. Hören Sie — mein Bester — finden diese Besuche des würdigen Herrn schon seit lange statt.

Hans. Nein — aber jetzt hält er sehr darauf.

Paul. So — so —

Hans. Es fehlt ihm etwas — wenn der Pastor nicht kömmt.

Paul. So — so — haben sie gehört, worüber sie zusammen reden?

Hans. Nein.

Paul. Oder liest er ihm vielleicht etwas vor?

Hans. Nein — ich werde immer fortgeschickt!

Paul (bei Seite). Ein Kameel! (Laut.) Es ist gut!

5. Scene.

Adelheid. Fanny. Paul. Minna.

Adelheid. Schaffen Sie die Cartons in mein Zimmer.

Fanny. Auch die meinigen.

Minna. Schön! (Trägt Cartons und Schachteln nach rechts.)

Adelheid. Die Sachen müssen gleich ausgepackt werden. Wo ist Ella?

Minna. Das Fräulein ging vorhin ins Dorf.

Fanny. Natürlich — wenn man sie braucht — ist sie nicht da — ich kann jetzt nichts thun — ich bin entsetzlich fatiguirt von der Fahrt!

Paul. Setzen Sie sich, schöne Cousine. (Giebt ihr einen Stuhl.)

Adelheid. Es geht mir ebenso — liebe Fanny, dieser altmodische Wagen stößt auf eine Weise — die unerträglich ist.

Paul. Mir thun alle Rippen weh.

Fanny. Das sag' ich Dir, Mama — lange halte ich es hier nicht mehr aus.

Paul. Ein Vergnügen ist es nicht — das weiß Gott.

Adelheid. Kinder bedenkt — wir dürfen dem Onkel nicht zeigen, daß wir uns langweilen. Als damals die Rede davon war, daß wir ihn besuchen wollten — behauptete er, das einfache Leben und die Ruhe würden wir nicht lange ertragen. Wir müssen ihm also das Gegentheil beweisen.

Paul (nachdem er sich umgesehen, daß sie allein sind). Ich habe eine Entdeckung von großer Wichtigkeit gemacht.

Adelheid. Hier?

Paul. Ja.

Fanny. Ueber sein Vermögen?

Paul. Nein — denken Sie — Onkel Grog wird fromm!

Adelheid. Nicht möglich! } (Erstaunt zugleich.)
Fanny. Fromm?

Paul. Ja — die Sache ist sicher. Jeden Morgen muß der Pastor zu ihm kommen — sie unterhalten sich stundenlang.

Fanny. Onkel Grog und ein Prediger — das muß eine komische Unterhaltung sein.

Adelheid. Liebes Kind — das hat man oft — Leute, die viel gelebt haben, werden auf ihre alten Tage fromm.

Fanny (zu Paul). Da haben Sie es auch noch vor sich.

Paul. Ich dachte mir immer, daß es nicht lange so weiter gehen könnte — wahrscheinlich läßt der Magen nach und da will die Seele etwas haben.

Adelheid. Jedenfalls ist es gut, daß wir es wissen, denn Jemand, der eine Schwäche hat, — ich kann das nur eine Schwäche nennen, ist wie ein Gefäß mit einem Henkel — man kann ihn anfassen.

Fanny. Sehr gut, Mama! — Wenn wir alle Drei anfassen —

Paul (lachend). Könnte der Onkel Grog noch schwerer sein — wir heben ihn hoch. (Alle lachen.)

Adelheid. Stille — Ella.

6. Scene.

Ella. Vorige.

Ella (tritt durch die Mitte ein, legt den Hut ab).

Adelheid. Kommen Sie endlich, mein Fräulein? Sie können sich doch denken, wenn wir vom Schneider kommen, daß es etwas für Sie zu thun giebt.

Ella. Verzeihen Sie, gnädige Frau — ich glaubte nicht, daß Sie so bald zurückkehren würden.

Fanny. Meine Toiletten müssen ausgepackt werden.

Ella. Es wird sogleich geschehen.

Adelheid. Was hatten Sie denn so Nöthiges zu thun, wenn ich fragen darf.

Ella. Ich war im Dorf.

Adelheid. So — das ist eine sehr unbestimmte Antwort auf meine deutliche Frage.

Fanny. Wahrscheinlich ein poetischer Spaziergang.

Ella. Möglich — ja. —

Adelheid. Diese Art, meiner Tochter zu antworten, ist nicht ganz passend. (Steht auf.) Ich verlange jetzt zu wissen, wo Sie waren.

Ella. Ich war im Dorf und besuchte eine arme kranke Familie.

Fanny (springt auf — wedelt mit dem Taschentuch). Da kann man noch angesteckt werden.

Adelheid. Ihr Besuch wird der armen kranken Familie auch wenig nützen.

Ella. Ich bedaure, daß ich nicht die Mittel habe, mehr zu thun — aber es fehlte an Wäsche, da habe ich etwas genäht und heute hingetragen.

Fanny. Und meine Toiletten können unterdeß liegen und chiffonirt werden.

Ella. Ich werde sofort danach sehen. (Ab rechts.)

Fanny. Diese Person hat eine Art und Weise, die unerträglich ist — es soll unterwürfig scheinen und dabei ist es nur Hochmuth.

Adelheid. Wir haben sie verwöhnt — aber es soll anders werden — wenn wir wieder zu Hause sind — werde ich ihr die richtige Stellung anweisen.

Fanny. Schicke sie doch ganz fort, Mama.

Adelheid. Dann müßten wir uns einen Dienstboten halten.

7. Scene.

Richter. Vorige.

Paul. Ah — Gott zum Gruß, lieber Onkel.

Richter. Guten Morgen allerseits.

Adelheid. Der Himmel hat Ihnen sicher einen sehr guten Schlaf geschenkt — Sie sehen sehr munter aus.

Richter. Gott sei Dank — ich schlafe nach meinem Grog immer wie ein Murmelthier — aber Fanny sieht etwas angegriffen aus.

Paul. Wir waren schon in der Stadt.

Richter. So früh — ei — da will ich doch wetten, daß Euch eine Toilettenangelegenheit hineingeführt hat, denn sonst seid Ihr nicht so früh zu sehen.

Adelheid. Allerdings — Sie hatten davon gesprochen, daß heute Abend einige Nachbaren zum Besuch kommen wür= den — wir haben nur die einfachsten Sachen mit — da mußten wir natürlich — —

Richter. Natürlich — natürlich — nun hoffentlich habt Ihr alles bekommen — was Ihr braucht. Mit der Mode wird es freilich in der kleinen Stadt schlecht aussehen.

Adelheid. Wenn man selbst Geschmack hat, außerdem haben wir die neuesten Modebilder. (Zeigt ihm ein Modekupfer.)

Richter. So so — das ist das Neuste, — sehr bunt! das gefällt Ihnen also — das finden Sie schön?

Adelheid. Sehr geschmackvoll!

Richter. Diese schreienden Farben. —

Adelheid. Denken Sie an Wagner's Musik — Disso= nanzen — und doch klingt es.

Richter. Wem's gefällt — (giebt das Blatt zurück) meinetwegen!

Fanny. Meine Toilette ist einfacher. (Giebt ihm ein Blatt das sie in der Tasche trug.)

Richter. Aha — das ist die eingewickelte Mumie.

Fanny. Wird Ihnen schon gefallen.

Richter. Wo ist denn Ella?

Adelheid. Sie war impertinent gegen Fanny — ich habe sie fortgeschickt.

Fanny. Denken Sie Onkel — sie läuft zu kranken Leuten in den Häusern umher.

Richter. Das halte ich für kein Verbrechen, liebe Fanny, armen Leuten zu helfen, ist recht christlich.

Adelheid. Christlich — ja wohl, liebe Fanny.

Paul. Ja — auf Ehre — ist auch meine Meinung.

Adelheid. Ich habe Ihnen in der Beziehung einen Vorschlag zu machen. (Setzt sich.)

Richter (bei Seite). Was soll das werden.

Adelheid. Wir leben hier so ruhig und sorglos bei Ihnen, daß man vergessen könnte, wieviel Sorgen und Kummer es auf dieser Erde noch giebt. In der Stadt habe ich meine bestimmten Vereine, in denen ich wirke, für die Armen — für die Volksküchen — Asyle — ich habe mir wirklich schon Vor= würfe gemacht — daß ich hier so unthätig bin — denn was ist alle Frömmigkeit — alle christliche Liebe — wenn sie nicht werkthätig ist.

Richter (sie forschend ansehend nach kleiner Pause). Da haben Sie ganz recht. Wenig sprechen und viel thun.

Adelheid. Ich wollte also hier bei Ihnen einen Wohl= thätigkeits=Bazar arrangiren.

Richter (verwundert). Bazar?

Adelheid. Ja. Da heut die Nachbaren kommen, läßt sich das leicht in's Werk setzen — vor allen Dingen handelt es sich darum, ein Comité zu bilden. — Sie müssen natürlich hinein.

Richter. Ich — dazu passe ich nicht — aber ich werde Ihnen einen geeigneten Mann nachweisen — wo etwas zu geben ist — hat er immer eine offene Hand — ich werde ihn rufen lassen.

Adelheid. Schön — Sie haben also nichts dagegen, wenn ich die Sache in die Hand nehme — es muß doch für Sie auch ein angenehmes Gefühl sein — wenn Ihr Haus gerade der Brennpunkt des christlichen Gemeinsinns wird.

Richter. Ist mir eine große Ehre.

Adelheid. Gegenstände zum Verloosen werden wir schon zusammen bekommen — meine Fanny malt sehr hübsch — Paul macht einige Zeichnungen — nicht wahr, Kinder?

Fanny. Jawohl. ⎱
⎰ (Zugleich.)
Paul. Jawohl. ⎰

Adelheid (steht auf). Ich bedanke mich also herzlich für die Erlaubniß, lieber Schwager — der Himmel wird unser Werk segnen.

Richter. Sie sind heute in einer recht frommen Stim=
mung, Schwägerin — soviel wie heute habe ich Sie noch nie
vom Himmel reden hören.

Adelheid. Oh! im Herzen habe ich mir immer die
Frömmigkeit bewahrt. Kommt, Kinder — gleich ans Werk —
wir werden sogleich die Loose anfertigen, heute Abend bringen
wir sie unter die Leute.

Fanny. Ach, ist das langweilig. (Beide ab rechts.)

Paul (zurückkehrend). Lieber Onkel — ich kenne die Tante
— es liegt ihr daran — daß solche Sache flott geht — meine
Kasse ist etwas leer — könnten Sie mir nicht wohl ein paar
Hundert Mark vorstrecken. Sie können sich ja denken, zu
welchem Zweck.

Richter. Ja — das kann ich mir denken — aber mit
Vergnügen — hier, mein bester Herr Neffe.

Paul (einsteckend). Danke — der Himmel wird es Ihnen
vergelten Onkel. (Ab rechts.)

Richter (ihm nachsehend). Pumpt mich der aus lauter Fröm=
migkeit an. — Wenn mir die nicht eine Komödie vorspielen —
soll nie wieder ein Glas Grog über meine Zunge fließen.
Aber wartet nur — ich revanchire mich!

8. Scene.

Hans.   Richter.

Hans. Der Herr Baumeister fährt soeben vor.

Richter. Führe ihn hierher — aber sage nicht, daß meine
Verwandten hier sind — hörst Du.

Hans. Keine Silbe, Herr Amtsrath.

Richter. Das wird wenigstens eine Ueberraschung, wenn
der seine Ella hier findet.

9. Scene.

Oskar. Richter.

Richter. Sein Sie mir herzlich willkommen, lieber Bau=
meister. (Giebt ihm die Hand.)

Oskar (eine Rolle Zeichnungen und Anschläge in der Hand). Herr
Amtsrath, da bringe ich Ihnen Alles — — Zeichnungen und
Anschläge für das neue Schulhaus — ich habe mich etwas
beeilt — Sie wünschten es ja.

Richter. Ja — mein Freund — wenn alte Leute bauen
wollen, dürfen sie es nicht auf die lange Bank schieben —
Hans — eine Flasche Wein — (zu Oskar) legen Sie ab.

Hans (als wenn er nicht gehört hat). Sagten der Herr Amts=
rath etwas?

Richter. Eine Flasche Wein.

Hans. Ich denke, Sie wollen die Pläne studiren.

Richter. Soll ich Dir Beine machen?

Hans (brummend). Nun wird das Getrinke wieder kein Ende
nehmen. (Geht und kommt dann mit einer Flasche und zwei Gläsern wieder.)

Richter. Wie geht's Ihnen denn, lieber Baumeister —
sind Sie noch unverheirathet?

Oskar. Ja — immer noch unverheirathet — aber das
hat nun bald ein Ende. Wissen Sie nicht, wo Ella ist.

Richter. Ich, wie soll ich das wissen.

Oskar. Denken Sie — als ich damals abgewiesen
wurde — dachte ich über die Sache nach. — Die Frau Com=
merzienräthin hatte eigentlich ganz Recht. Ich war zwar eben
angestellt — aber was konnte ich ihr damals bieten — meisten=
theils Hoffnungen auf die Zukunft. —

Richter. Darauf hin heirathen eine ganze Menge Menschen.

Oskar. Ich schrieb ihr — liebe Ella, warte — ich komme wieder, und nun ging's flott an die Arbeit — ich hatte Glück — bekam mehrere Aufträge und Bauten und jetzt habe ich endlich auch unser Nest gebaut. Ich habe eine Wohnung eingerichtet — Nichts fehlt — das Zimmer meiner zukünftigen Frau ist fix und fertig, — der Nähtisch ist da mit den Röllchen von Zwirn und Seide — ich sage Ihnen, Herr Amtsrath, es ist allerliebst — sowie ich sie jetzt finde, muß sie hinein — da hilft Nichts.

Richter. Sie wissen gar nicht, wo sie ist?

Oskar. Als Alles fertig war — wollte ich die Frau Commerzienräthin aufsuchen — diesmal hatte ich den Frack an.

Richter. Und die Angströhre auf.

Oskar. Ja — als ich ankomme, sind die Damen verreist — Niemand weiß, wohin. Ich hätte sie sofort gesucht — da kam Ihr Auftrag — und ich hielt mich zurück. Wenn wir aber fertig sind — hole ich sie — und wenn ich bis ans Ende der Welt fahren sollte.

Richter. Das wäre etwas weit.

Oskar. Ja — aber bitte, kommen Sie, Herr Amtsrath — ich möchte gern heut Abend wieder fort. Lassen Sie uns meine Arbeit durchgehn. Die Anschläge sind derart, daß Jeder den Bau dafür ausführen kann — Sie können sogar etwas abhandeln.

Richter. Sie sollten ja den Bau ausführen.

Oskar. Dann handeln Sie mir etwas ab. — Hier ist also die Façade — (rollt eine Zeichnung auseinander).

Richter. Trinken Sie nur erst ein Glas Wein.

Oskar. Nein, ich danke (hält die Hand auf sein Glas) beim Arbeiten nie.

Richter. Ein Glas auf Ella's Wohl.

Oskar. Das kann ihr nichts nützen und uns nur schaden.

Ich habe einmal beim Rheinwein eine Façade gezeichnet — sie war wunderschön — erhaben wie die Alhambra — aber kein Mensch mochte sie bauen. — Das ist hier also die Schulstube. —

Richter. Lassen Sie mich wenigstens ein Glas trinken.

Oskar. Sehr gern — ich will Ihnen auch einschenken, das kann mir nichts schaden. — Also das ist die Schulstube.

Richter. Sehr schön. — Sind Sie denn aber überzeugt, daß Ella Sie noch mag?

Oskar. Lieber Herr Amtsrath — lassen Sie die jetzt — — — ich habe in runder Summe auf 60 Kinder —

Richter. Sechzig Kinder?

Oskar. Ich meine den Raum für die Schulstube hier.

Richter. Ach so!

Oskar. Daneben die Wohnung für den Lehrer.

Richter. Sie sind Ihrer Sache doch sehr sicher.

Oskar. Welcher Sache? Der Lehrer muß doch irgend wo wohnen.

Richter. Ich meine wegen Ella.

Oskar. Lassen Sie doch Ella jetzt — Amtsrath — hier sind die Profile — bleiben wir nur bei unserer Arbeit, nicht immer an andre Sachen denken — dies sind die Aufschläge. Sie finden Alles ganz genau — Bruchsteine — Mauersteine — (man hört im Nebenzimmer Ella singen „Sancta Lucia". Oskar hält plötzlich inne und horcht.)

Richter (bei Seite). Aha.

Oskar. Was ist denn das?

Richter. Es singt Jemand — lassen Sie sich nicht stören — also Bruchsteine.

Oskar. Diese Stimme — Herr Amtsrath —

Richter. Lassen Sie doch das jetzt — was geht uns die Singerei an — also Bruchsteine.

Oskar. Bruchsteine — zwölf Stoß — (wieder zuhörend) nein, diese Stimme —

Richter. Lieber Freund — man muß immer bei der Arbeit bleiben.

Oskar. Das halte ich nicht aus — wer singt da —

Richter. Wer weiß — vielleicht Fräulein Ella.

Oskar (sehr erregt). Herr Amtsrath — (faßt Richter's Arm).

Richter (will eben trinken). Erlauben Sie mir wenigstens.

Oskar. Nein — Sie haben vielleicht schon zu viel ge=trunken — wissen Sie, was Sie sprachen — Sie sagten, es könnte Ella sein.

Richter. Na, warum denn nicht?

Oskar. Sie ist hier?

Richter. Natürlich.

Oskar. Amtsrath, machen Sie keine Scherze — wissen Sie, daß ein Uebermaaß von Glück einen Menschen tödten kann — und ich bin in diesem Augenblick — —

Richter. Weiter fehlte nichts — da wollen wir nur schnell handeln — ehe ein Unglück paffirt —

Oskar. Und mich haben Sie herkommen laffen — o — jetzt verstehe ich Sie — (will ihn umarmen).

Richter. Sparen Sie sich die Wärme nur auf — (geht an die Thür rechts, in die Thür sprechend) Fräulein Ella — bitte, schenken Sie mir einen Moment.

Oskar. Sie ist wirklich hier!

Richter. Ich drücke mich — Sie werden nöthiger mit ihr zu reden haben, als ich. (Geht schnell nach links.)

Oskar (sehr erregt). Wie soll ich Ihnen danken!

Richter. Es ist gut.

Oskar. Nein — nein — ich thue für Sie Alles — Onkel Grog — ich baue Ihnen das Schulhaus zehn Procent unterm Anschlag — und einen Kuß muß ich Ihnen geben. (Umarmt Richter stürmisch — während Ella rechts in der Thür erscheint.) Sie sind ein vortrefflicher Mensch, Onkel Grog.

Richter. Verschwender! (Ab links.)

10. Scene.

Oskar. Ella.

Oskar (auf Ella zueilend). Meine liebe Ella!

Ella. Sie scheinen ja sehr begeistert. (Weicht zurück.)

Oskar. Ja, soll ich das nicht sein, das Glück, Sie wieder zu sehen.

Ella. Und die Flasche dort.

Oskar. O nein — nein — kein Tropfen davon ist über meine Lippen gekommen — dennoch bin ich trunken vor Freude, Sie so unvermuthet wieder zu finden — welche Ueber= raschung!

Ella (forschend). Ueberraschung — so kommen Sie nicht meinethalben?

Oskar. Nein — ja — nein — das heißt —

Ella. Das heißt, nun?

Oskar. Ich hatte hier Geschäfte — für sechszig Kinder soll ich ein Schulhaus bauen — für den Amtsrath —

Ella. Ah so —

Oskar. Ich brachte Zeichnungen und Anschläge hierher. —

Ella. O — da will ich nicht stören. (Will fort.)

Oskar. Aber Ella — so hören Sie mich doch an — süße, liebe Ella — ich bin mir ja selbst noch nicht klar. — —

Ella. Das scheint mir —

Oskar. Nein — nein — ob es Zufall ist — oder ob der Amtsrath mich jetzt hierher gerufen hat — weil Sie hier sind.

Ella. Lassen Sie sich durch Andere bestimmen?

Oskar. Nein, Ella — ich lebe ja nur für ein Ziel — für Sie — (umarmt sie — Richter öffnet die Thür links — Oskar und Ella fahren auseinander).

Richter. Lieber Baumeister — ah — entschuldigen Sie — verschwindet wieder).

Oskar. Gleich, Herr Amtsrath!

Ella. Gehn Sie nur — Sie haben ja Geschäfte!

Oskar. Sie sind grausam; — ich würde keinen Ge= danken fassen können — ehe ich mich mit Ihnen nicht ausge= sprochen habe — also lassen Sie jetzt meine Geschäfte und beantworten Sie mir eine Frage — haben Sie mir die Ge= sinnung bewahrt — die mich früher so glücklich machte?

Ella. Fragen Sie das im vollen Ernst?

Oskar. Gewiß.

Ella. Dann müssen Sie mich doch für sehr veränderlich halten!

Oskar. Dieser Vorwurf macht mich glücklich — o Ella — (umarmt sie).

Minna (von rechts). Fräulein Ella! (Oskar und Ella fahren aus= auseinander). Entschuldigen Sie — ich wollte fragen, welches Kleid Sie nachher anziehen wollen?

Ella. Ich werde in diesem Anzug bleiben.

Oskar. Ja, Fräulein bleibt so — — — (nach kleiner Pause). Es ist gut — Sie können gehen — haben Sie nicht gehört.

Minna. Ach so! — (Ab rechts.)

Oskar. Ich habe darin Unglück, daß ich stets gestört werde — wenn ich mich mit Ihnen aussprechen will. Damals, als ich von Liebe sprechen wollte, schoben Sie den Riegel der Freundschaft vor — dann habe ich den Frack an, der gefällt dem Onkel nicht — ich ziehe die Joppe an, die gefällt der Tante nicht — aber ich lasse mich nicht abschrecken — ich habe Ihnen heut so viel zu sagen, daß ich gar nicht weiß, wie ich anfangen soll

Ella. Und rechnen Sie das für kein Glück — daß Sie mich gefunden haben?

Oskar. Gewiß — gewiß — ich will auch meine Zeit nicht mit Klagen verlieren — sondern grade auf das Ziel losgehen. Denken Sie, liebe Ella — (umarmt sie) Sie dürfen sich das ruhig gefallen laſſen — es ſpricht ſich beſſer und leichter — — bitte —

Hans (tritt durch die Mitte ein). Entſchuldigen Sie! (Oskar und Ella fahren auseinander).

Hans. Ich ſuche den Herrn Amtsrath!

Oskar. Der iſt auf ſeinem Zimmer!

Hans. O, die Weiber — die Weiber! (Ab links.)

Ella. Sie ſehn alſo, das Schickſal will nicht, daß ich Sie erhören ſoll — denken Sie lieber an Ihre Geſchäfte und gehen auch zum Amtsrath — (will gehen).

Oskar. Nein — nein — aber Sie haben ganz Recht, ich mache viel zu viel Umſtände — gehen Sie nicht — was ich Ihnen zu ſagen habe, iſt ſo einfach. —

Ella. So reden Sie doch — Worte habe ich genug gehört — aber was Sie ſagen wollen, doch noch nicht.

Oskar. Sie haben ganz Recht — ich habe ſchon viel zu viel Worte gemacht — jetzt muß es ein Ende nehmen — Alles, was ich Ihnen zu ſagen habe, iſt das — (umarmt sie — küßt sie).

11. Scene.

Adelheid. Ella. Oskar.

Adelheid (aus der Thür rechts — ſieht die Umarmung). Ah — entſetzlich — dieſe Aufführung —

Oskar. Gnädige Frau — ich hatte die Ehre — —

Adelheid. Mit Ihnen hatte ich nicht zu reden, mein Herr.

Oskar. Aber —

Adelheid. Ihr Betragen ist empörend mein Fräulein — ich habe kein Wort dafür — allen Anstand, alle Sitte so zu verletzen.

Oskar. Bitte, hören Sie mich an —

Adelheid. O, ich kenne diese heuchlerische Art — ein Gemisch von Stolz und Demuth —

Ella. Gnädige Frau —

Adelheid. Schweigen Sie — jedes Wort ist überflüsig nach dem, was ich mit eignen Augen gesehn habe — gehn Sie fort auf Ihr Zimmer — Alles Weitere wird sich finden. (Ella ab rechts.)

12. Scene.

Richter. Oskar. Adelheid.

(Richter ist während der letzten Worte in der Thür links sichtbar geworden und hört zu.)

Oskar. Gnädige Frau, Ihr Unwille ist gewissermaßen gerechtfertigt. —

Adelheid. „Gewissermaßen" — Sie sind sehr freundlich, mir das überhaupt zu gestatten, mein Herr!

Oskar. Ich versichere Sie, Fräulein Ella ist unschuldig —

Adelheid. Schöne Unschuld das — wenn sich ein Mädchen von einem fremden Menschen umarmen und küssen läßt.

Richter (sich bemerkbar machend). Hem, hem — ah, lieber Baumeister — haben Sie die Güte, den Contract aufzusetzen — ich habe Ihnen Alles auf meinem Schreibtisch zurecht gelegt.

Oskar. Herr Amtsrath —

Richter (leise). Machen Sie doch, daß Sie fortkommen.

Adelheid. Denken Sie nur, Herr Schwager — was ich erleben mußte — so scandalös — ich bin ganz alterirt! —

Richter. Dann muß es schlimm sein.

Adelheid. Ich trete ein und überrasche jenen Menschen, wie er Ella umarmt und küßt — hier in Ihrem Hause — was sagen Sie dazu?

Richter. Schauderhaft.

Adelheid. Nicht wahr — aber hoffentlich werden Sie ohne Nachsicht gegen solches Betragen sein.

Richter. Das versteht sich.

Adelheid. Diesem Herrn Baumeister die Wege weisen.

Richter. Natürlich — fort muß er.

Adelheid. Dieses nichtsnutzige Ding, die Ella, ebenfalls.

Richter. Auch fort aus dem Hause.

Adelheid. Denken Sie, ich werde solche Person in der Nähe meiner Fanny dulden.

Richter. Fort mit ihr.

Adelheid. Mag sie sehn, wie weit sie kommt. Ich freue mich, daß wir derselben Ansicht sind — Beide müssen fort!

Richter. Ja — aber vorher lassen wir sie mit einander trauen.

Adelheid. Was?

Richter. Ich meine, wir lassen sie heirathen.

Adelheid. Das ist wohl nicht Ihr Ernst? —

Richter. Liebe Schwägerin, hören Sie mich einmal an.

Adelheid. Es wird mir schwer, ruhig zu sein. (Setzt sich).

Richter. Sie sprachen vorhin so viel vom Himmel, von Frömmigkeit — man kann ja auch diese Sache mit christlicher Liebe behandeln.

Adelheid (gezwungen). O ja!

Richter. Sehn Sie — ich weiß zufällig, daß der junge Mann Ella liebt — Sie wissen das auch —

Adelheid. Lieber Gott — er hat es gesagt — soll man Alles glauben.

Richter. Ich bin überzeugt, daß er sie aufrichtig liebt; ich denke mir, es ist eine erlaubte Freude, die man sich macht — zwei Menschen, die sich lieb haben, zu vereinen. Sie brauchen kein Opfer zu bringen — der Baumeister hat sein Auskommen und Ella hat alle Anlagen, eine tüchtige Haus= frau zu werden.

Adelheid. Sie muthen mir zu, daß ich noch die Hoch= zeit in meinem Hause herrichten soll?

Richter. Nein — das werde ich thun.

Adelheid. Sie?

Richter. Ja — warum nicht? — es wird mir auf meine alten Tage Freude machen, zu sehen, wie die beiden Leutchen glücklich werden, ich werde sie besuchen — vielleicht einmal die Kleinen auf den Knieen schaukeln, nicht wahr, das ist doch gewiß eine christliche Freude, die sich ein alter Mann bereiten darf.

Adelheid. Gewiß — gewiß, (bei Seite) ich könnte bersten.

Richter. Wenn Sie über den ersten Unwillen fort sind, — werden Sie bei den Grundsätzen, die Sie vorhin ausge= sprochen, leicht zu der Ueberzeugung kommen, daß Sie ein gutes Werk thun, wenn Sie meinen Plan unterstützen.

Adelheid (salbungsvoll.) Lieber Schwager — sei es denn so — es ist das Schöne der christlichen Liebe, daß sie Gutes wirkt für uns selbst und für Andere. Ihre edlen Worte haben auch mir die Ruhe des Gemüthes wiedergegeben — ich fühle mich wohler — erhabener — das dank' ich Ihnen — (steht auf) es ist ja die schönste Aufgabe des Menschen, die irdischen Ge= fühle niederzukämpfen — aber wir sind schwache Wesen, wenn nicht die große Barmherzigkeit uns erleuchtet und stärkt — ich danke Ihnen, daß Sie diese Wandlung bei mir vollzogen haben. (Giebt ihm die Hand).

Richter (aufgestanden). Bitte — bitte — Sie sind eine sehr kluge Frau —

Adelheid. Was ist alle Klugheit gegen die Einfalt des Herzens.

Richter. Der Himmel erhalte sie Ihnen.

13. Scene.

Hans. Richter. Adelheid. Dann **Schulze.**

Hans (durch die Mitte). Gnädige Frau — der Herr Schulze ist da.

Adelheid. Schulze — welcher Schulze?

Richter. Der Mann, nach dem wir geschickt haben wegen des Comités.

Adelheid. Ah so — lassen Sie ihn eintreten. (Hans ab.)

Richter. Er ist ein braver Mensch — etwas derb — aber in der rauhen Schale ein guter Kern, ich lasse Sie allein mit ihm. Gott befohlen, Frau Schwägerin. (Ab links.)

Adelheid. Gott befohlen! (Allein.) O, ich könnte bersten vor Wuth — dieser alte Thor — nun, da sein Magen nach= läßt, will er Menschen zusammenkuppeln — Kinder auf den Knieen schaukeln — es wird jetzt rapide abnehmen — er wird schwachsinnig werden — unzurechnungsfähig — dieser Bau= meister ist ein raffinirter Mensch — Ella wird Alles aufbieten — wenn ich daran denke — läuft mir die Galle über. — Aber eine Idee — wenn Paul und Fanny zusammen — er hätte ja dann auch dieselbe Freude — wenn er durchaus schaukeln will.

(Schulze tritt ein mit Hans.)

Hans. Das ist die Frau Commerzienräthin. Das ist der Herr Schulze.

Schulze. Wir haben uns schon gesehen — freut mich, daß wir uns hier wiederfinden. (Giebt ihr die Hand.)

Adelheid (entzieht ihm die Hand). Bitte — bitte. —

Schulze. Sie haben mich rufen lassen — eigentlich habe ich heute keine Zeit — wir haben nämlich Schweine= schlachten — das ist immer so' ne Art Familienfest — aber ich höre, daß es sich um ein gutes Werk handelt, und da bin ich also.

Adelheid (bei Seite). Das ist ja ein ganz roher Mensch.

Schulze. Nu nehmen Sie nur kein Blatt vor'n Mund — immer raus mit der Sprache.

Adelheid. Setzen Sie sich. (Setzt sich.)

Schulze. Bitte — bitte — geniren Sie sich gar nicht.
(Setzt sich.)

Adelheid. Sie haben gewiß viel Arme im Dorf.

Schulze. Na ob — die langen zu.

Adelheid. Das freut mich —

Schulze (lachend). Haha — das freut Sie?

Adelheid. Ich meine, daß man diesen armen Leuten helfen kann — es ist nämlich eine rechte Herzensfreude, den Armen zu helfen.

Schulze. Freut mich — das hätte ich Ihnen gar nicht angesehen — aber da werden wir gute Freunde werden. (Giebt ihr die Hand.)

Adelheid (fortrückend). Es handelt sich also darum, hier einen Bazar zu arrangiren.

Schulze. Um was handelt es sich?

Adelheid. Um einen Bazar — oder eine Lotterie —

Schulze. Ich denke, um die Armen.

Adelheid. Nun ja — für die Armen. Es giebt da sehr viel zu thun — und ich werde mich Allem unterziehen mit meiner Tochter — da sind Loose zu machen — Gegenstände zu sammeln — die verkauft und verloost werden — das Ganze muß mit Geschmack arrangirt werden — nun — Sie scheinen

davon nichts zu verstehen — Sie gehören zum Comité und
haben nur nöthig, Ihren Namen einigemal zu unterschreiben.

Schulze. Hm — hm — Loose — Geschenke — das
verstehe ich wirklich nicht — das ist sehr weitläufig.

Adelheid. Man muß doch eine Summe Geld zusam=
menbringen.

Schulze. Gewiß — ja — daran habe ich auch gedacht,
als Sie mich rufen ließen — ich habe mir auch was eingesteckt.
(Zieht eine lange Börse aus der Rocktasche.) Sehn Sie, liebe Madame,
von dem Krimskrams verstehe ich nichts — mein Vorschlag
ist viel einfacher — hier, auf die eine Seite, habe ich fünfzig
Mark gesteckt — nun stecken Sie in die andre Seite was Sie
wollen, dann nehme ich das Ganze, gehe zu unserm Herrn
Pastor — sage ihm gar nicht, wo es herkommt — der Herr
Pastor mag es dann vertheilen, da haben Sie gar keine Um=
stände — und den Leuten ist geholfen.

14. Scene.

Minna. Adelheid. Schulze.

Minna. Gnädige Frau, da muß ein Versehen ge=
schehen sein.

Adelheid. Womit.

Minna. Ich packe die neue Toilette aus, denken Sie —
da ist das Kleid grün und der Ueberwurf blau. —

Adelheid. Ganz richtig.

Minna. Blau und grün — das geht aber doch nicht.

Adelheid. Das muß ganz modern sein — Du verstehst
das nicht — ich komme gleich. (Will gehn.)

Schulze. Wollen wir nicht erst unser Geschäft erledigen.

Adelheid. Welches Geschäft?

Schulze (Börse hinhaltend). Da hier — ich sehe gar nicht hin.

Adelheid. Sie sehn doch, mein Bester — daß ich keine Zeit habe — kommen Sie ein andresmal wieder — ich muß Toilette machen. (Ab rechts.)

Schulze. Kurios — jetzt thut die, als ob ich etwas von ihr wollte, und ich habe ihrethalben mein Schweineschlachten im Stich gelassen. —

Schulze (zu Minna). Bei der ist wohl eine Schraube locker.

Minna. Scheint so!

Schulze. Na — da muß ich mein Bischen allein zum Pastor tragen — mag sie thun und lassen, was sie will. — (Zu Hans, der eintritt.) Wenn der Herr Amtsrath etwas von mir will — alle Achtung, da werde ich immer bereit sein — aber der verrückten alten Schachtel sagen Sie gefälligst — wenn sie von mir wieder etwas wünscht, möchte sie zu mir kommen, ich hätte meine Zeit auch nicht gestohlen. (Setzt sich den Hut auf.) Guten Morgen. (Ab durch die Mitte.)

Hans. Werd's ausrichten. — Fräulein Minna — Sie haben mir neulich Ihr Bild geschenkt — gestern war ich in der Stadt — habe mich auch abnehmen lassen, dürfte ich Ihnen mein Conterfei überreichen?

Minna (Bild nehmend). Mit Vergnügen! (Sieht das Bild an und lacht.)

Hans (geschmeichelt). Sie lacht! Gefällt es Ihnen?

Minna. Herr Gott — haben Sie einen großen Mund darauf.

Hans. Ehe der Photograph die Klappe aufmachte — sagte er — ich sollte an etwas recht Hübsches denken — da dachte ich an Sie —

Minna. Es sieht aus, als wenn Sie weinten.

Hans. Nein — nein — ich habe geschmunzelt.

Minna. Na — ich danke Ihnen.

VIII.   5

Hans. Bitte.

Minna. Ich werb's in mein Album stecken.

Hans. Sehr gütig.

Minna (steckt das Bild in die Schürzentasche). Neben dem Chimpansen ist noch ein Platz frei. (Ab.)

Hans (bei Seite). Ich glaube, sie liebt mich — da kann ich sie beim besten Willen nicht hassen. (Ab durch die Mitte.)

15. Scene.

Vorige. Richter. Oskar. Dann Ella.

Richter (von links aus der Thür, mit Oskar). Es bleibt dabei — Sie bauen das Schulhaus — bleiben hier — fangen sofort an.

Oskar. Es wird nicht gehn, Herr Amtsrath.

Richter. Ach was — setzen Sie sich und unterschreiben die Contracte. Geschäft ist Geschäft, und ich will sicher gehen — wer weiß, was Sie nachher für Dinge in den Kopf kriegen.

Oskar. Wenn Sie durchaus wollen. (Setzt sich links an den Tisch — liest mehrere Papiere und unterschreibt dann. — Ella ist indeß von rechts eingetreten — hat mit Minna gesprochen.)

Minna (ab rechts).

Richter (zu Ella). Nun, liebe Ella — Sie lassen immer noch den Kopf hängen — immer noch traurig.

Ella. Oh, ich bin nicht traurig.

Richter. Ich möchte Sie gern einmal recht heiter sehn — kann ich denn gar nichts dazu beitragen.

Ella. Ich glaube nicht.

Richter (auf Oskar zeigend). Oder vielleicht der da?

Ella. Herr Amtsrath!

Richter (sieht Beide nach einander an — pfeift vor sich hin und geht durch die Mitte ab).

Oskar (Feder fortlegend). So — jetzt ist Alles unterschrie= ben, Herr Amtsrath — hier — (steht auf und will sich zu Richter wen= den, erblickt Ella). Sie hier?

Ella. Sie holen ihn noch ein.

Oskar. Oh, das hat Zeit — aber — daß ich mit Ihnen in's Klare komme, das wird jetzt die höchste Zeit. (Legt die Papiere fort.) Ich kann aus Ihnen nicht klug werden — ist denn Ihr Herz kalt und Sie können gar nicht lieben, Ella?

Ella. Oh, verkennen Sie mich nicht, Oskar.

Oskar. Oskar — zum ersten Male nennen Sie mich so.

Ella. Von Jugend auf bin ich gedrückt — gedemüthigt — geduldet — ich hatte verlernt, an Liebe zu glauben.

Oskar. An die meine glauben Sie auch nicht?

Ella. O ja — doch ich wollte nicht zu früh auf ein Glück hoffen, das mich vielleicht doch getäuscht hätte — denn dann wäre ich für immer unglücklich geworden.

Oskar. Und jetzt?

Ella. Jetzt sehe ich das Glück vor mir — doch ich habe Furcht vor der Freude — es ist, als ob ich aus der Nacht plötzlich in helles Licht träte; ich kann den Glanz nicht ertragen.

Oskar. Ella — das heißt — daß unsre Freundschaft jetzt endlich aufhört — daß ich Dich mein nennen darf — daß Du mich liebst.

Ella (bewegt). Ja, Oskar!

Oskar. Welches Glück, ich bin selig — ich möchte es aller Welt verkünden — daß ich Dich endlich habe — aber Du, Ella — Du sprichst nichts — Du weinst?

Ella (sich fassend). Ich habe schwere Stunden durchlebt — jeder Tag brachte neue Kränkungen — doch ich habe Alles standhaft ertragen — keine Thräne ist in mein Auge gekom= men — aber jetzt — verzeih, Oskar — das Glück übermannt mich — laß mich weinen.

5*

Oskar. O — ich will Dir Alles vergelten — ich will Dich auf Händen tragen — meine liebe Ella. (Umarmung).

Richter (durch die Mitte). Gott sei Dank — nun scheinen die Geschäfte alle in Ordnung zu sein. — Ich gratulire, Kinder — aber was sehe ich — immer noch Thränen, Ella?

Ella. Ja — ich weine — aber dennoch bin ich sehr glücklich; so ist mir noch nicht zu Muthe gewesen (umarmt Oskar — geht vom Weinen in Lachen über) es steigt mir zu Kopf — ich glaube, ich bin berauscht vor Glück! — Hahaha.

Richter. So ist's recht — den Rausch laß ich mir gefallen.

Oskar. Ich bin auch damit zufrieden.

Richter. Der Himmel erhalte Euch Euer Glück!

16. Scene.

Adelheid. Vorige.

Richter. Aber Schwägerin — wie sehn Sie denn aus? Hahaha.

Adelheid (mit einer Toilette, welche schreiende Farben repräsentirt — als gelb — grün — blau — roth). Sie lachen wieder — es ist die neueste Mode!

Richter. Verzeihen Sie — daß ich lache — doch Sie sagten, daß Sie nur das Schöne von dem Modernen nehmen — diese Farbenzusammenstellung.

Adelheid. Was die Natur malt, kann nicht unschön sein; mit einem Wort kann ich Ihren Spott niederschlagen — die Toilette heißt à la Colibri — da werden Ihnen die Farben erklärlich sein!

Richter. Colibri! — ah! das ist etwas anderes —

Adelheid. Ihre Augen werden sich in kurzer Zeit daran gewöhnen, Sie werden das Schöne herausfinden — wie ich —

Richter. Ich werde mir Mühe geben — vorläufig ist mir **das Schöne**, was wir gestiftet haben, lieber. (Auf Oskar und Ella deutend.)

Adelheid. O — Sie werden noch mehr Freude haben — denken Sie — als ich vorhin in mein Zimmer komme, sehe ich ein zärtliches tête à tête — Paul umarmt Fanny.

Richter. Paul? — der Schlingel muß fort.

Adelheid. Nicht doch — die guten Kinder haben sich gefunden!

Richter. Donnerwetter!

Adelheid. Oh — ich hatte es längst geahnt — Fanny war in der letzten Zeit so träumerisch — so elegisch.

Richter. Das ist sonst ihre Sache nicht.

Adelheid. Ich habe nie durch Fragen daran gerührt und heut ist die Knospe gesprungen. Ich habe es übernommen, Sie vorzubereiten, lieber Schwager, und Ihre Einwilligung einzuholen.

Richter. Meine Einwilligung — Paul und Fanny sind majoren — beste Schwägerin, Sie sind die Mutter — ich brauche nicht zu heirathen — da kann ich nur sagen — wie Gott will — ich halte still!

Adelheid. Da sind sie ja.

17. Scene.

Paul. Fanny. Vorige.

(Fanny in karikirt modernem Anzuge — sehr eng — daß sie kaum gehen kann. Paul ebenfalls in karikirtem Anzug. Sehr weite türkische Beinkleider.)

Fanny. Lieber Onkel. (Umarmt ihn.)

Paul. Mein theurer Onkel.

Richter. Mein theurer Neffe — nun sagt mir nur — wie ist das so schnell gekommen.

Paul. Ja, es ist ganz merkwürdig.

Fanny. Er sagt — daß er mich schon lange liebt.

Paul. Ja, auf Ehre — es war eine latente Liebe — sie war da — aber schlummerte; hier in der Ruhe, bei der Einsamkeit — wo alle Gräser sprießen — da hat sich das so gemacht.

Richter. Und Du — liebst ihn auch?

Adelheid. Lassen Sie das Kind doch nicht erröthen, lieber Schwager.

Richter. Das haben Sie wohl schon besorgt; aber Ihr habt ja auch ganz kuriose Toilette gemacht.

Fanny. Das Allerneuste.

Paul. A la Osman Pascha — leicht — bequem — elegant — wie?

Richter. So — so — und wie heißt denn Deine Mode?

Fanny. A la Sestoris.

Richter. Die Enge von Suez wäre noch passender.

Fanny. Hat sie Ihren Beifall?

Richter. Ich kann mir nicht helfen — Ihr seht alle Drei etwas kurios aus — besonders der Colibri!

Adelheid. Heut ist Festtag für uns, lieber Schwager — da müssen Sie schon erlauben — (leise weiter).

Ella. Ich gratulire, liebe Fanny!

Paul (herablassend). Ebenfalls, Herr Baumeister!

Oskar (umarmt Ella). Wir sind sehr glücklich!

Adelheid. Sehn Sie nur, wie tactvoll sich meine Kinder benehmen, gegen diese dort.

Hans (tritt durch die Mitte ein — übergiebt Adelheit eine Depesche). Eine Depesche!

Paul. Uns fehlt nichts zu unserm Glück, als Ihr Segen, lieber Onkel.

Adelheid (hat gelesen). Ah — schändlich — schauderhaft.

Richter. Was haben Sie denn?

Adelheid (lesend). Durch eine Nachlässigkeit unseres Factors gingen Ihnen statt der neuen Modekupfer — die neusten Maskenanzüge zu — wir bitten zu entschuldigen.

Paul Das ist unerhört. —

Fanny. Uns so bloß zu stellen.

Richter (lachend). Und ich hatte mich schon an den Colibri gewöhnt! Haha.

Adelheid. Es ist horribel — kommt Kinder! (Geht zur Thür.)

Richter. Ich denke ich soll Euch segnen?

Adelheid. Wir müssen erst Toilette machen.

Paul. Warten Sie einen Augenblick. (Adelheid — Fanny — Paul ab.)

Richter. Haha — (Indem er hinten steht — auf Oskar und Ella zeigend.) Zum Glück habe ich noch ein Paar!

(Der Vorhang fällt.)

Dritter Akt.

Wohnung beim Baumeister Richter. Solide Einrichtung — ohne Luxus, doch recht behaglich. Thüren in der Mitte — eine rechts und zwei links. Vorn rechts ein Fenster. Links und rechts Etablissements.

———

1. Scene.

Hans. Minna.

Hans (an der andern Thür, links). Es ist 9 Uhr, Herr Amts=rath. (Stimme von Richter). Hol Dich der Henker! (Hans schließt schnell die Thür.) Danke, Herr Amtsrath. Wie das Stadtleben den Menschen herunterbringt. Zu Hause reitet er um 6 schon aus — und hier soll mich der Henker holen, wenn ich ihn um 9 Uhr wecke.

Minna (durch die Mitte, trägt ein Brett mit einer Tasse und Zubehör zum Frühstück — ordnet den Tisch links). Guten Morgen!

Hans (bei Seite). Wie hübsch sie wieder aussieht — eigent=lich sollte ich sie gar nicht mehr ansehen — aber es dreht sich immer von selbst der Kopf zu ihr hin. (Laut.) Kann ich Ihnen helfen? (Tritt zu ihr.)

Minna. Ich bin schon fertig.

Hans. Da ist ja nur eine Tasse.

Minna. Freilich, für den Herrn — die Frau Bau=räthin hat doch schon seit zwei Stunden gefrühstückt.

Hans. Ich dachte, verheirathete Leute frühstücken immer zusammen?

Minna. Sonst freilich — aber seitdem Ihr Herr hier zum Besuch ist, ist Alles anders. Freilich, wenn man die Nacht zum Tage macht — gestern war es wieder drei Uhr, als die Herren nach Hause kamen.

Hans. Pst — davon spricht man nicht.

Minna. Nu — das sollte mir passiren, wenn ich Frau wäre.

Hans. Ich würde das auch nie thun, Minna!

Minna. Was?

Hans. Ich meine — wenn — — das heißt — ich meine nur — wenn ich verheirathet wäre.

Minna. Ich glaube, Sie würden ein ganz guter Mann sein.

Hans. Glauben Sie wirklich, Minna? (umfaßt sie.)

Minna (sich losmachend). Na — na.

Hans. Mir ist bei dem Gedanken ganz heiß geworden.

Minna. Immer Lebensart — die fehlt Ihnen noch. Heut, als die Herren nach Hause kamen und Sie öffneten, sagten Sie auch „guten Morgen!"

Hans. Na ja — es war doch früh.

Minna. Das sagt aber ein gebildeter Dienstbote nicht. Guten Morgen — das klingt wie ein Vorwurf — als wenn man sagen wollte — na — das ist auch wieder hübsch früh geworden. — Nein, und wenn es ganz früh ist und die Sonne scheint schon, sagt man immer „guten Abend", das klingt so, als sagte man „es ist eigentlich noch nicht so spät." Das schickt sich!

Hans. Das hat Ihnen wohl der Herr Baumeister gelehrt? Wie?

Minna. I bewahre — der ist solide, wenn Ihr Alter nicht hier ist — ich habe es aus einem früheren Dienst — aber Sie können es glauben — so macht es jeder gebildete Dienstbote.

Hans. Werde mir's merken.

Minna. Ich begreife nur nicht — wie Ihr Herr es zu Hause aushält — wenn er nicht Abends ausgehen kann.

Hans. Oh, da wird ein Glas Grog gemacht.

Minna. Eins? — das wird groß sein!

Hans. Na, wenn Gesellschaft da ist, auch zwei, und wenn's recht kalt ist, auch drei.

Minna. Oder vier und fünfe.

Hans. Ein gebildeter Dienstbote zählt dem Herrn die Gläser nicht nach. (Es klingelt.)

Minna. Das ist Ihr Alter!

Hans. Na endlich wird's Tag — abieu, schöne Minna! — (Will sie umarmen.)

Minna (sich losmachend). Ein gebildeter Dienstbote läßt auch nicht warten.

Hans. Wie eine Schlange. (Ab vorn links).

2. Scene.

Paul. Minna.

Paul (durch die Mitte, in eleganter Bummeltoilette). Endlich findet man ein Wesen — der Herr Baumeister zu sprechen?

Minna. Ich — ich weiß es nicht — aber ich werde gleich nachsehn. (Will gehen).

Paul. Nein — nein — es hat keine Eile — bleiben Sie nur — was ich erfahren will — können Sie mir auch sagen, schönes Kind. (Sieht sich spähend im Zimmer um.)

Minna (für sich). Was sucht denn der?

Paul. Herr Baumeister gewiß in Geschäften —

Minna. Ich glaube wohl.

Paul. Natürlich — natürlich — die Frau in der Wirth-schaft — versteht sich — da will ich nicht stören. (Bei Seite.) Keine Spur vom Amtsrath!

Minna. Soll ich die gnädige Frau rufen?

Paul. Nein — nein — wir wollten heute Besuch machen — meine zukünftige Schwiegermutter und Fräulein Fanny — wollte mich orientiren über passendste Stunde — damit wir nicht etwa in die Suppe fallen. Wann diniren die Herrschaften?

Minna. Diniren?

Paul. Ich meine, wann sie — — speisen — zu Mittag essen.

Minna. Ah so — gegen 2 Uhr.

Paul. So — so — (bei Seite) etwas plebejische Stunde.

Minna. Das heißt, jetzt wird es gewöhnlich etwas später.

Paul (mit Interesse). Jetzt?

Minna. Ja.

Paul. Sie sagten jetzt, mein Kind — — warum jetzt? (Setzt sich und spielt mit seinem Stock).

Minna. Weil Besuch hier ist — der Amtsrath Richter!

Paul. Ah — schon lange hier?

Minna. Seit 8 Tagen.

Paul (bei Seite). Bande. (Laut). Es gefällt ihm gewiß sehr gut?

Minna. Gewiß! — wenn man so verhätschelt wird, ist es kein Wunder.

Paul. Verhätschelt — freilich — er ist ja auch ein sehr guter — sehr liebenswürdiger Herr — (steht auf).

Minna. Ja, das ist er — immer heiter.

Paul (bei Seite). Ein Rhinoceros!

Minna. Die gnädige Frau.

3. Scene.

Ella. Paul. Minna.

(Ella im Hauskleid mit weißer Schürze.)

Paul (gesucht höflich). Ah — meine verehrte Frau Bau=
meister — ich bitte tausendmal um Entschuldigung, daß ich in
diesem Costüm vor Ihnen stehe.

Ella. Sie überraschen mich auch im Hauskleide, sogar
mit der Schürze —

Paul. Sieht charmant aus — steht Ihnen ausgezeichnet
— dennoch will ich jetzt nicht stören, die Pflichten der Haus=
frau sind heilig. Fanny und die gute Mama haben schon
lange die Absicht, Besuch zu machen — da bin ich voraus=
geschickt als Recognoscirung, ob sie heut nicht stören. Ich habe
ja den großen Vorzug, Sie wiederzusehn. Ich habe die Ehre,
mich zu empfehlen — habe die Ehre. (Ab durch die Mitte.)

Minna (bei Seite). Fort mit Schaden!

Ella. Hat mein Mann noch nicht gefrühstückt?

Minna (etwas verlegen). Hm — ich glaube nicht.

Ella (bei Seite). Es ist der vierte Tag — an dem das
nun so geht. (Laut) Hast Du nicht gehört, ob der Herr Amts=
rath wegen der Abreise etwas bestimmt hat.

Minna. Nein — der Hans ist wie ein Grab. Aber
sehn Sie mal, gnädige Frau — das hat mir der alte Herr
geschenkt. (Zeigt ein Etui, das sie aus der Tasche nimmt.)

Ella. Sehr hübsch — aber wie kommt er dazu?

Minna. Das weiß ich selbst nicht. — Gestern räumte
ich hier auf — als er zufällig hereintrat — da, Kleine, das ist
für Dich, sagte er — — ich dankte. — —

Ella. Nun —

Minna. Dann ließ ich mich weiter nicht stören, er blieb im Zimmer und wir plauderten zusammen.

Ella. So?

Minna. Das heißt — er saß dort und ich räumte hier auf. Er fragte nach diesem und jenem — ob Sie strenge wären — ob Sie viel in Gesellschaft gingen — wer die Einkäufe auf dem Markt machte — allerhand solche Dinge.

Ella. Und Du sagtest ihm —

Minna. Alles wie es ist — warum sollt' ich lügen — es ist ja nichts Schlimmes.

Ella. Nein — gewiß nicht — man muß unter allen Umständen die Wahrheit reden.

Minna. Das dacht ich auch — und als er fragte, ob Sie den Herrn Baumeister wohl recht lieb hätten — da sagte ich ihm „zum Auffressen." — na — das ist doch wahr!

Ella. Es ist gut — geh an Deine Arbeit.

Minna (bei Seite im Abgehen). Sie wird's doch nicht übelgenommen haben? (Ab durch die Mitte.)

Ella (allein). Ich gestehe, das gefällt mir nicht. Die Leute ausfragen — meine ganze Hausordnung auf den Kopf gestellt — was thue ich nur, um der Sache ein Ende zu machen — das Allerbeste, ich rede offen mit meinem Mann darüber.

4. Scene.

Oskar. Ella.

Oskar (aus der Thür rechts, hält sich ein Tuch vor die Stirn, nimmt es schnell fort, als er seine Frau erblickt). O, mein Kopf — ah, guten Morgen, Ella.

Ella. Guten Morgen, lieber Oskar — mein Gott, wie siehst Du denn aus?

Oskar. Ich?

Ella. So blaß — bist Du nicht wohl?

Oskar. O gewiß, ganz wohl — was sollte mir fehlen?

Ella. Also nur von dem späten zu Bett gehn — Ihr seid gestern lange ausgeblieben.

Oskar. Ich glaube, es war zwölf vorbei.

Ella. Vorbei — allerdings — sehr lange vorbei — es war beinahe drei Uhr.

Oskar. Ist wohl nicht möglich?

Ella. Ganz genau — ich sah nach der Uhr, als ich die Hausthür gehen hörte.

Oskar. Du hast einen merkwürdig leisen Schlaf, liebe Ella. (Will sie umarmen.)

Ella (entzieht sich ihm lachend). Du gingst so leise — es war äußerst rücksichtsvoll — aber jetzt werde ich Dir Deinen Kaffee besorgen — wenn es auch spät ist, Du mußt doch frühstücken. (Ab durch die Mitte.)

Oskar. Mir ist sehr jämmerlich zu Muthe — und man darf sich gar nichts merken lassen. Der Onkel Grog ist aber Abends gar nicht zu Hause zu bringen — und vertragen kann er, da kann ich nicht mit. Wie mag es ihm nur gehen. (Tritt an die andere Thür links.) Guten Morgen, Herr Amtsrath.

Richter (hinter der Scene.) Halloh — mein Junge — komme gleich.

Oskar. Au, mein Kopf! — Er scheint ganz wohl zu sein.

Ella (tritt wieder durch die Mitte ein, mit Kaffee). So — hier ist der Kaffee.

Oskar. Du bist sehr freundlich, liebe Ella! (Setzt sich — Ella schenkt ein).

Ella. Und obgleich Du ein arger Sünder bist — werde ich Dir doch Gesellschaft leisten. (Setzt sich.)

Oskar (bei Seite). Jetzt kommt gewiß eine Gardinen= predigt.

Ella. Du scheinst keinen rechten Appetit zu haben.

Oskar (sich zwingend zu frühstücken). O ja!

Ella. Ich möchte wissen, Oskar, ob Du eigentlich ein Vergnügen daran hast, so lange Abends auszubleiben.

Oskar. Nein — eigentlich nicht — aber Du siehst heut sehr gut aus, liebe Ella — so rosig — so frisch.

Ella. Das könnt' ich von Dir nicht behaupten.

Oskar. Der Morgenanzug steht Dir ausgezeichnet.

Ella (lachend). Bleiben wir nur beim Abend — wenn es Dir kein Vergnügen macht — wie Du sagst — warum bleibst Du denn so lange?

Oskar. Liebe Ella — wahrhaftig nur aus Rücksicht für den alten Herrn.

Ella. Das sage ich mir auch, Oskar — und deshalb bin ich durchaus nicht böse oder gereizt.

Oskar. Du bist wirklich ein Engel! (Küßt ihr die Hand.)

Ella. Aber wenn ich bedenke, daß Du nach und nach selbst Geschmack daran finden könntest — dann ergreift mich eine schreckliche Angst.

Oskar. O — das ist ganz unnütz, liebe Ella — ich werde nie vergessen, was ich Dir schuldig bin, und meine kleine Frau ist ja mein höchstes Glück. (Will sie umarmen.)

5. Scene.

Hans. Ella. Oskar.

(Hans kommt aus der anderen Thür links — Ella sieht ihn.)

Ella. Wünscht der Herr Amtsrath den Kaffee?

Hans. Er dankt schön — ich soll ihm einen Cognak holen. (Ab durch die Mitte.)

Oskar. Hm — hm!

Ella. Wenn ich das erleben sollte, daß Du auch Morgens Cognak verlangst.

Oskar (lachend). Wo denkst Du hin.

Ella. Ich bemerke schon, daß es Dir Mittags sehr gut schmeckt, wenn Du mit dem Amtsrath eine Flasche nach der andern leerst.

Oskar. Nur meine Pflichten als Wirth, liebes Kind.

Ella. Wie lange wird er nur noch bleiben?

Oskar. Das weiß ich wirklich nicht.

Ella. Du könntest ihn eigentlich fragen.

Oskar. Das würde er übelnehmen — Du weißt, er hatte sich bei uns angesagt — ich bin ihm für viele Freundlichkeiten Dank schuldig — da möchte ich ihn um Alles in der Welt nicht verletzen.

Ella. Nein, das will ich auch nicht — aber ich sehne mich nach unsrer alten Hausordnung — nach unserm gemüthlichen Zusammensein am Abend — Du hast mir jetzt acht Tage lang nichts vorgelesen.

Oskar. Das werde ich Alles nachholen.

Ella. Könntest Du nicht eine Arbeit oder Geschäfte vorschützen — damit er an seine Abreise denkt.

Oskar. Das geht wirklich nicht.

Ella. O, wenn man will, geht Alles — wir müssen es nur fein anfangen — denke einmal darüber nach, Oskar — er muß es gar nicht merken — im Nothfall muß eins von uns krank werden — oder wir sagen, es würde tapeziert, so etwas — damit er selbst auf die Idee kommt, sich fort zu machen.

Oskar. Ei — ei — ich habe gar nicht gewußt, daß meine Ella solche Anlage zur Diplomatin hat — (lachend) das kann ja ganz gefährlich werden. (Umarmt sie).

6. Scene.

Richter. Ella. Oskar.

Richter (aus der Thür links vorn). Sie schnäbeln sich. (Laut.) Guten Morgen, Kinder!

Ella (aufstehend). Guten Morgen, Herr Amtsrath!

Richter. Herr Amtsrath — wie das klingt! haben wir nicht ausgemacht, kleine Frau, daß ich Onkel genannt werde. Haben Sie das schon wieder vergessen? (Hält ihre Hand.)

Ella. Das war gestern gleich nach Tisch.

Richter (zu Oskar). Hören Sie nur — Ihre Frau denkt gar, ich hätte zu viel Wein getrunken. Wein — im Wein liegt Wahrheit, und übrigens spreche ich immer frei von der Leber fort — hasse alle Winkelzüge. Wenn ich Euch sage, ich fühle mich wohl bei Euch — so könnt Ihr mir das sicher glauben.

Oskar. Sehr freundlich!

Richter. Ja, wahrhaftig — es gefällt mir so gut bei Euch, daß ich immer bei Euch bleiben möchte! (Ella zupft Oskar am Rock.)

Oskar (verlegen). Sie sind sehr gütig und nachsichtig.

7. Scene.

Hans. Vorige.

Hans (durch die Mitte, mit einem Brett, auf dem eine kleine Karaffe Cognak und zwei kleine Gläser). Hier ist der Cognak, Herr Amtsrath. (Schenkt ein.)

Richter (das Glas nehmend). Verdammt kleine Gläser, eine homöopathische Portion (trinkt). (Zu Oskar.) Wollen Sie nicht auch einen?

Ella. Mein Mann dankt — er ist nicht ganz wohl.

Richter. Oh, das restaurirt — schenk nur ein.

Oskar. Ich danke wirklich.

Hans (hat eingeschenkt — will fortgehn).

Richter. Halt — da er einmal eingeschenkt ist — soll er nicht umkommen. (Trinkt schnell.)

Hans (zu Richter). Der Justizrath ist bestellt. (Hans ab d. d. Mitte.)

Richter. Schön — lieber Baumeister — ich habe mir meinen alten Freund den Justizrath Plock herbestellt, um ein kleines Geschäft abzuwickeln — es stört doch nicht.

Oskar. O, bitte ganz und gar nicht.

Richter. Sie könnten uns ein Fläschchen Portwein heraußstellen — es spricht sich besser, wenn man etwas Nasses auf der Zunge hat. (Reibt sich die Hände.)

Oskar. Mit Vergnügen. (Zu Ella.) Giebst Du mir wohl die Weinkellerschlüssel, Ella?

Ella (indem sie ihm die Schlüssel giebt). Nun geht es schon Vormittags an.

Oskar (leise). Es ist ja nur für den Justizrath. (Ab durch die Mitte.)

Richter. Sie haben einen prächtigen braven Mann, liebe Ella.

Ella. Oh ja — das ist wahr — ich liebe — schätze und achte ihn und habe nur den einen Wunsch, daß er immer so bleibt — wie er jetzt ist.

Richter. Ah — warum soll er nicht so bleiben?

Ella (seufzend). Die Männer sollen sich manchmal ändern, wenn sie länger verheirathet sind.

Richter (lachend und jovial). Da machen Sie sich keine Sorge, kleine Frau — verlassen Sie sich auf mich — ich werde ihm immer den Kopf zurecht setzen — wenn ich mit ihm zusammen bin. Und will er mal nicht pariren — da rufen Sie mich nur — ich komme sofort.

Ella (gezwungen). Sie sind sehr gütig!

8. Scene.

Arthur. Richter. Ella.

Arthur (ein Junge von 6 bis 8 Jahren). Guten Morgen, Tante.

Ella. Guten Morgen, lieber Arthur.

Arthur. Mama schickt das Buch mit 'nem schönen Gruß — ich soll ihr den zweiten Theil bringen.

Richter. Wer ist denn der kleine Page?

Ella. Ein kleiner Neffe — sage dem Herrn guten Tag, Arthur.

Arthur (geht zu Richter). Guten Tag (giebt ihm die Hand und sieht ihn groß an).

Richter. Guten Tag, kleiner Kamerad.

Arthur. Du hast ja eine so rothe Nase, fremder Herr!

Ella. Aber Arthur!

Richter. Siehst Du, mein kleiner Naseweis, das kommt daher, weil mir schon lange der Wind um die Nase weht. Wenn Du älter bist — wird Deine auch mal so roth werden.

Arthur (hält sich mit der Hand die Nase zu). Ich will aber keine rothe Nase bekommen, Tante — das ist nicht hübsch.

Ella (nimmt Arthur bei der Hand). Komm nur, ich will Dir das Buch holen. — Verzeihen Sie, Herr Amtsrath — ein enfant terrible. (Ella und Arthur links ab, zweite Thüre.)

Richter. Bitte, bitte — den Bengel geht meine Nase eigentlich gar nichts an.

9. Scene.

Oskar. Richter.

Oskar (mit einer Flasche Portwein durch die Mitte). Meine beste Sorte. (Stellt die Flasche hinten auf einen kleinen Tisch.) Hat meine Frau Sie allein gelassen?

Richter (lachend). Ja — wahrscheinlich wegen der Nase.

Oskar. Die ich gekriegt habe.

Richter (platzt heraus). Sie? — (Bei Seite.) Jetzt bin ich das enfant terrible. (Laut.) Von Ihrer Frau haben Sie eine Nase bekommen?

Oskar. Ja — sie war heut nicht ganz bei Laune.

Richter. Haben Sie ihr etwas gethan — dann bekommen Sie es mit mir zu thun. Solche vortreffliche Frau muß man auf Händen tragen.

Oskar. Ja — aber gegen Launen ist nichts zu machen, und es ist doch nur Laune, wenn man verstimmt ist, daß der Mann einmal etwas spät nach Hause kommt.

Richter. Das nennen Sie Laune? Da hat die Frau vollständig Recht. Sie haben nun schon vier Tage geschwie= melt — das finde ich gar nicht hübsch.

Oskar (erstaunt). Das sagen Sie?

Richter. Gewiß — ich werde Ihnen den Kopf etwas waschen.

Oskar. Das ist stark! — Sie waren doch auch dabei.

Richter. Oho — lieber Freund — auf wen habe ich Rücksicht zu nehmen — das ist eine ganz andere Sache. Ob ich spät oder früh nach Hause komme, da kräht kein Hahn darum. Wenn ich eine so nette, junge Frau zu Hause hätte, wie Sie — da sollte mich der Teufel holen — wenn ich so lange im Wirthshaus sitzen könnte.

Oskar (bei Seite). Dabei hat er immer zugeredet.

Richter. Wenn mir Einer zuredete, hätte ich ihn beim Kragen genommen und gesagt: „jetzt wird zu Hause gegangen" — oder ich hätte ihn allein sitzen lassen, so lange er wollte.

Oskar. Das ist wirklich stark — jetzt bekomme ich noch Vorwürfe.

Richter. Na, Sie sind ja noch jung — Sie können sich bessern.

Oskar (mit Laune). Wahrscheinlich machen Sie mir nach= her auch Vorwürfe über die Flasche Portwein. (Zeigt auf die Flasche.)

Richter. Wenn er schlecht ist, ganz gewiß.

Oskar. Ich trinke aber sicher nicht mit.

Richter. Das fehlte auch noch — von der einen Flasche.

Oskar. Nun — lassen Sie sich's recht gut schmecken (nimmt seinen Hut) ich habe indeß einige Geschäfte zu besorgen.

Richter. Sehr gut — ich kann Sie heut Vormittag auch gar nicht gebrauchen.

Oskar (bei Seite). Ella hat Recht — er muß fort. — (Laut.) Adieu, Herr Amtsrath. (Oskar ab durch die Mitte.)

Richter (lachend). Nicht gebummelt, alter Freund. Hahaha — ein prächtiger Kerl — aber es ist ganz gut — daß er es einmal gehört hat — heut Abend muß er doch wieder mit.

10. Scene.

Minna. Richter.

Minna (durch die Mitte, mit Gläsern und Serviette). Ich soll Glä= ser bringen.

Richter. So — mein Kind — dort steht der Wein — mach' uns hier ein recht gemüthliches Plätzchen, (betrachtet Minna wohlgefällig — Minna deckt eine Serviette über den Tisch links — stellt die Gläser und die Flasche darauf) ein prächtiges Mädel — ich kann's dem Hans nicht verdenken — wenn er sein Herz verloren hat, (tritt zu Minna heran) hat er denn schon Ernst gemacht?

Minna. Ernst?

Richter. Dir gesagt, daß er Dich heirathen will?

Minna. Daß mir vor Schreck die Flasche aus der Hand fällt.

Richter. Um Gotteswillen! — aber Hans ist ein braver Kerl — nur nicht ängstlich, Kleine. (Kneift ihr in die Backen.)

11. Scene.

Hans. Richter. Minna. Dann Plock.

Hans (ist durch die Mitte eingetreten, sieht, daß Richter Minna in die Backen kneift — bestürzt — dann etwas laut rufend). Herr Amtsrath! — Herr Amtsrath! (Minna ab durch die Mitte.)

Richter (dreht sich verwundert um). Nun?

Hans (ruhig). Der Herr Justizrath kommt.

Richter. Da brauchst Du doch nicht so zu schreien.

Hans. Nein! — Herr Amtsrath, erlauben Sie mir eine Frage — wie lange bleiben wir denn noch hier?

Richter. Was geht das Dich an?

Hans. Ja — sie fragt immer danach. (Nach der Thür weisend, durch welche Minna abging.)

Richter. Ach so! — Nun gefällt es Dir hier?

Hans. Ungeheuer!

Richter. Mir auch — also tröste sie nur und sage, wir blieben noch ein Weilchen. (Zu dem eintretenden Plock.) Guten Morgen, lieber Freund.

Plock (durch die Mitte. — Hans nimmt ihm Hut und Stock ab). Im

Geschäft immer pünktlich — Du ließest mir sagen, daß Du Geschäfte hättest.

Hans (auf die Flasche deutend). Da stehn sie schon! (Ab durch die Mitte.)

Richter. Ja — sehr ernste Geschäfte — setze Dich und laß uns Alles in Ruhe besprechen. (Beide setzen sich an den Tisch links).

Plock. Nun, was giebt's also.

Richter. Alter Freund — ich denke in allem Ernst an die große Reise — die Jeder von uns einmal antreten muß.

Plock. Du bist doch nicht sentimental geworden?

Richter. Nein — im Gegentheil — über die Reise will ich nicht reden — aber von der Bagage, die man doch nicht mit= nehmen kann. Kurz und gut — ich will mein Testament machen.

Plock. Ah — das ist allerdings ein Geschäft.

Richter. Ihr Rechtsverdreher wißt ja besser Bescheid damit, wie unsereins, und ich möchte, daß Alles einmal deut= lich und klar ist — damit gar kein Streit hinterher entsteht.

Plock. Sehr verständig! Die Hauptsache ist, ein Testa= ment muß kurz und bündig sein. Also Du schreibst ganz einfach —

Richter (ihn unterbrechend). Erlaube — die Schreiberei habe ich von jeher nicht leiden mögen — das Schreiben sollst Du nämlich besorgen.

Plock. Ja, sehr gern — wenn ich nur weiß, was Du willst.

Richter. Da sind wir bei der Hauptsache. Mein Ent= schluß ist gefaßt — ich habe nichts übereilt. Meine lieben Ver= wandten kennst Du ja — sie waren bei mir — ich dann bei ihnen — es wäre eine Sünde, wenn ich denen mein sauer erworbenes Geld hinterließe — das würde schnell in alle Winde fliegen — reden wir gar nicht mehr davon.

Plock. Das ist ganz Deine Sache.

Richter. Ich habe mir immer gedacht — wenn ich ein= mal Jemand fände — von dem ich wünschte, er wäre mein

Sohn — der sollte es haben — und siehst Du, Freund —
den habe ich gefunden. (Schlägt auf den Tisch.)

Plock (trinkt). Auf sein Wohl!

Richter. Du kennst ihn — es ist unser Wirth. —

Plock. Der Baumeister?

Richter. Ja. Siehst Du — ich habe den Kerl lange
lieb gewonnen — aber ich wollte erst abwarten, wie seine
Heirath ablief — denn weißt Du — wenn einer heirathet —
und wenn's der tüchtigste Mann ist — kann er einen Knax
wegkriegen.

Plock. Man hat Beispiele.

Richter. Deshalb war ich hier — habe sie beobachtet.
Es sind beides Menschen, die hier etwas haben, Gefühl —
Herz — wahre Frömmigkeit — das bleibt nun doch einmal
die Hauptsache. Die andre Sorte verdreht die Augen, macht
süße Worte, und dabei möchten sie mich lieber heute als mor=
gen begraben. Aber hier, das sind prächtige Menschen. —
Sie ist eine kleine, resolute Frau — er verständig — fleißig
— brav — leben wie die Turteltauben zusammen. Ich hatte
solche Freude, das mit anzusehn, daß ich Mittags immer eine
Flasche Rothwein nach der andern trank — und Abends auch
wieder einen ordentlichen Tropfen — aus reiner Freude!

Plock. Das glaube ich.

Richter. Also, alter Freund — setze mir die ganze Ge=
schichte auf — der Baumeister ist mein Universalerbe — was
die Anderen bekommen, gebe ich ihnen bei Zeiten — ich habe
Alles schon bei mir — mögen sie dann wirthschaften, wie sie wollen.

Plock (hat sein Notizbuch genommen und macht einige Notizen). Bau=
meister Richter. —

Richter. Oskar Richter — ja — aber Du, schreibe
auch so etwas hinein, daß ich ihn lieb gewonnen hätte — als
wenn er mein Sohn wäre.

Plock. Verstehe — verstehe — werde Alles besorgen. (Steckt das Notizbuch ein.) Wenn es Dir Recht ist, gehe ich gleich nach Hause — mache die Sache fix und fertig und Du hast nur nöthig, Deinen Namen darunter zu schreiben.

Richter. Aber heute noch.

Plock (aufstehend). So etwas darf man nicht aufschieben — in einer halben Stunde bin ich wieder hier. (Nimmt Hut und Stock, will gehn.)

Richter (auch aufgestanden). Noch eins — da wir grade allein sind. Weißt Du — ich möchte bei Lebzeiten doch auch noch eine Freude davon haben — Du kannst ihnen also von meinem Testament erzählen — so beiläufig —

Plock. Verstehe. —

Richter. Aber natürlich erst, wenn ich abgereist bin. Ich habe sie lieb und da möchte ich auf meine alten Tage auch noch etwas Liebe genießen. Ich denke, das ist eine erlaubte Freude, die ich mir bereite.

Plock. Das versteht sich. Freue ich mich doch auch darauf — daß ich es ihnen sagen darf.

Richter. Aber erst, wenn ich abgereist bin.

Plock (giebt ihm die Hand). Das verspreche ich Dir.

Richter. Nun beeile Dich — ich warte hier auf Dich.

Plock. Schneller soll noch nie ein Testament gemacht sein. (Ab durch die Mitte.)

Richter (allein). So, das wäre vom Herzen — mir ist es ordentlich leicht — ha ha — werden die große Augen machen, wenn sie es erfahren. (Setzt sich rechts). Schade, daß ich das nicht selbst mit ansehn kann.

12. Scene.

Arthur.   Richter.

Arthur (kommt aus der Thür links — will durch die Mitte ab — dreht dann um und geht zu Richter).

Richter. Nun — willst Du von mir etwas?

Arthur. Ja — man soll nicht lügen und Du hast mir vorhin die Unwahrheit gesagt, fremder Herr!

Richter. Ich — ah!

Arthur. Ja — die rothe Nase kommt nicht vom Wind — sondern vom Weintrinken. — Das hat die Tante gesagt.

Richter (jovial). Sieh mal an, was die nicht Alles weiß. Du hast wohl die Tante sehr gern, kleiner Schelm!

Arthur. O ja — sie ist streng — aber sehr gut.

Richter. Na — ich bin ihr auch gut — da komm, laß uns einmal auf ihr Wohl zusammen anstoßen — komm nur — (geht an den Tisch links — setzt sich und nimmt dann den Knaben auf den Schooß) hast Du schon Wein getrunken?

Arthur. Ja — zu Papa's und Mama's Geburtstag.

Richter. Das ist recht — ein richtiger Mann muß einen Tropfen vertragen können — aber auch nie einen Tropfen zu viel trinken, sonst wird er ein Trunkenbold. (Er schenkt ein und giebt Arthur ein Glas.) So, das ist Dein Glas. Vom § 11 weißt Du noch nichts?

Arthur. Nein.

Richter. Das wäre auch zu früh. Nun dann stoß an — die gute Tante Ella soll leben — Vivat hoch!

Arthur. Vivat hoch!

Richter. Und nun ausgetrunken, Bursche. — Hurrah!

Arthur (hat getrunken). Hurrah!

13. Scene.

Ella. Richter. Arthur.

Ella (ist von links eingetreten — sieht Arthur trinken — bleibt unbemerkt einen Augenblick an der Thür stehen — tritt dann vor). Aber Arthur!

Arthur. Ach herrjeh, die Tante — (indem er von Richter's Schooß springt und davon läuft) ich mache, daß ich fortkomme.

Richter. Hahaha — sein Sie nicht böse — wir haben nur auf Ihr Wohl getrunken.

Ella. So — (etwas gereizt) deshalb trinken Sie wohl mit meinem Manne auch?

Richter. Sehr oft — das können Sie glauben — aber es ist mir lieb, daß wir einen Augenblick allein sind, kleine Frau — ich habe Ihnen etwas anzuvertrauen — eigentlich ein Geheimniß — aber zu Ihnen habe ich großes Zutrauen.

Ella. Sie sind zu gütig.

Richter. Es betrifft nämlich eine Person, für die ich sorgen möchte und die ich Ihnen empfehlen wollte — ich bin alt — wer weiß wie lange es noch dauert. Wenn ich einmal nicht mehr bin — sollen Sie sich dieser Person annehmen — sie recht gut behandeln — für sie sorgen. Wollen Sie mir das versprechen?

Ella. Ich verstehe nicht recht.

Richter (geheimnißvoll). Denken Sie — ich habe nämlich einen Sohn.

Ella (erstaunt). Einen Sohn — Sie?

Richter. Ja!

Ella. Sie waren ja niemals verheirathet.

Richter. Nein — haha — aber das ist die Person, für die Sie sorgen sollen, kleine Frau.

Ella. Herr Amtsrath — wenn ich bitten darf, mit der Mission verschonen Sie mich.

Richter. Es ist ein ganz netter Kerl — auf mein Wort — er wird Ihnen gefallen.

Ella. Nein — nein — das ist gegen meine Grund= sätze — bitte.

Richter (lachend für sich). Die kleine Frau ist zum Küssen. (Setzt sich rechts.)

Ella (bei Seite). Er ist schlimmer wie ich dachte — er muß fort — ich werde handeln. (Setzt sich links und nimmt eine Arbeit vor.) Werden Sie dieses Jahr nicht in's Bad gehen?

Richter. Es ist mir etwas zu spät geworden.

Ella. Der Herbst ist aber so schön — an Ihrer Stelle würde ich mir die Erholung gönnen.

Richter. Eine bessere Erholung als hier bei Ihnen, kann ich ja gar nicht haben.

Ella. Wir führen doch ein sehr einfaches und einförmiges Leben — ich kann mir gar nicht denken, daß Sie sich hier unterhalten.

Richter. Oh — ich unterhalte mich besser, wie Sie denken — Ihr Mann ist ja ein reizender Gesellschafter, und Sie sind die liebenswürdigste kleine Frau, welche ich kenne — ich befinde mich sehr wohl hier — so recht behaglich.

Minna (durch die Mitte — ist eingetreten und räumt den Tisch, links ab — nimmt Serviette, Flasche und Gläser fort).

Ella (zu Minna). Hole doch den Reisekoffer vom Boden und setze ihn hier ins Zimmer.

Minna. Den großen oder den kleinen?

Ella. Den kleinen — einpacken werde ich selbst.

Minna. Schön, gnädige Frau. (Ab durch die Mitte.)

Richter. Einpacken? — wollen Sie verreisen?

Ella. Ich? — nein. — Hat Ihnen mein Mann denn nichts gesagt?

Richter. Von einer Reise? — nein.

Ella. Er muß auf ein paar Tage fort — (leise) was sage ich nur — (laut) er muß Gevatter stehn — bei — bei einem Freunde, es war gar nicht abzuschlagen.

Minna (trägt einen kleinen Reisekoffer herein und setzt denselben in den Hintergrund). Hier ist der Koffer! (Ab durch die Mitte.)

Ella (steht auf). Verzeihen Sie, Herr Amtsrath, ich muß die Sachen zusammenpacken.

Richter. Ist die Abreise denn so eilig?

Ella. Ja.

Richter. Aber warum hat er mir denn gar nichts gesagt?

Ella. Er hat vielleicht geglaubt, Sie würden Ihre Abreise beschleunigen — und — und das wollte er nicht.

Richter (treuherzig). Der gute Kerl!

Ella. Aber lassen Sie sich gar nicht dadurch stören — freilich müssen Sie mit meiner Gesellschaft fürlieb nehmen. (Bei Seite im Abgehen.) Wenn er es nur nicht merkt! (Ab links.)

Richter (allein). Hm — hm — so nett wie die kleine Frau ist — aber ganz allein mit ihr, das würde auch seine Längen haben, ich werde für alle Fälle auch nur meine Sachen einpacken. (Er klingelt — Hans tritt ein.) Meinen Koffer einpacken!

Hans (bestürzt). Wir reisen ab?

Richter. Vorwärts — vorwärts! (Beide links vorn ab.)

14. Scene.

Minna. Adelheid. Fanny. Paul.

Minna (durch die Mitte). Wollen Sie gefälligst hier eintreten — ich werde der gnädigen Frau melden. (Ab links.) (Die Uebrigen treten durch die Mitte ein.)

Fanny. Haft Du gehört Mama — gnädige Frau läßt sie sich nennen.

Adelheid. Lächerlich — eine Baumeister Frau und gnädig.

Paul. Dabei diese spießbürgerliche Einrichtung.

Fanny (faßt ben Stoff ber Möbel an). Gewöhnliche Wolle.

Adelheid. Nicht einmal moderne Farben.

Paul. Da wird sich der Onkel Grog so recht wohl fühlen.

Adelheid. Er hat ja stets das Ordinäre geliebt.

Fanny. Aber diese Erbschleicherei hätte ich der Ella doch nie zugetraut.

Adelheid. Man läßt uns hier antichambriren — wollen wir uns nicht setzen? (Setzt sich.) Etwas hart.

Paul. India faser!

Adelheid. Natürlich haben sie ihn angelockt und jetzt bieten sie Alles auf, um ihn festzuhalten — wie die Vampyre.

Paul. Horribel — schauderhaft.

Adelheid. Aber unser Plan ist gut — unter dem Vor= wand, Eure Hochzeit zu besprechen, muß er mit uns!

Paul. Und dann lassen wir ihn nicht wieder los.

Adelheid. Sei nur recht freundlich, Fanny.

Paul. Ja — genire Dich meinethalben gar nicht.

Adelheid. Wie ich diese Menschen hier hasse, kann ich gar nicht sagen — wäre der Alte nicht hier — keine Macht der Erde hätte mich zu dieser Person gebracht. (Sie sieht Ella von links eintreten — steht auf — sehr süßfreundlich.) Ach meine Liebe — wie freue ich mich, Sie endlich in Ihrer netten Häuslichkeit auf= suchen zu können.

Ella. Sein Sie mir herzlich willkommen!

Fanny. Wie reizend hier Alles ist.

Ella. Oh — es ist ja Alles einfach — aber wir sind sehr glücklich. Dies ist meines Mannes Zimmer — darf ich nicht bitten, daß Sie bei mir eintreten. (Oeffnet die Thür links und läßt Adelheid eintreten.)

Paul (zu Fanny). Ich glaube gar, sie empfängt in einer Schürze — uns in einer Schürze.

Fanny. Das ist nicht anders zu verlangen. — (Ist bei der Thür links angekommen.) Meine liebe Ella. (Geht durch die Thür links, dann folgt Ella — zuletzt Paul.)

Paul (indem er Ella den Vortritt läßt). Bitte gehorsamst, (etwas höhnisch) — gnädige Frau! — (Sieht sich nach etwas um.) Wo haben sie nur den Onkel Greg versteckt? (Ab links.)

15. Scene.

Hans. Dann **Minna** (von links hinten).

Hans (aus der Thür von links). Da hörte doch Alles auf, wenn wir abreisten und ich könnte nicht mit ihr sprechen — (sieht Minna eintreten) ah — da ist sie. Minna —!!

Minna. Nun — was haben Sie denn?

Hans. Was ich habe — ich habe etwas auf dem Her-zen — es ist vielleicht eine Thorheit — aber herunter muß es doch. Sehn Sie — ich bin ein alter Kerl —

Minna. Ja — das sehe ich.

Hans. Aber ich fühle mich jung — Sie haben mir mal Ihr Bild geschenkt — wissen Sie, wo es ist.

Minna. Nein!

Hans. Hier — ich trage es immer auf dem Herzen. (Er nimmt ein großes Papier aus der Brusttasche und wickelt das Bild aus.)

Minna. Das thun die Verliebten immer — sehn Sie — ich habe auch eins. (Zieht ein Bild aus dem Busen.)

Hans (bei Seite). Mein Bild — ich fühle mich zehn Jahr jünger. (Laut.) Oh, Minna — wie ich das Bild liebe (küßt es).

Minna. Ja — das ist so, wenn man verliebt ist (küßt ihr Bild).

Hans (streicht sich die Haare). Ich fühle mich zwanzig Jahr jünger.

Minna. Ihnen hätte ich gar nicht so viel Gefühl zugetraut.

Hans. Ich mir selber nicht — oh, Minna!

Minna. Wollen Sie einmal das Bild sehn?

Hans. Ich kenne es ja. (Nimmt das Bild — sieht es an) Nanu — eine Uniform? — aber — —

Minna. Ja — er steht bei der Artillerie — ist Unterofficier.

Hans. Er?

Minna. Nun ja — mein Schatz — ein reizender Mensch. Wenn er seine Zeit ausgedient hat, heirathen wir uns. Gefällt er Ihnen.

Hans. Sehr! (bei Seite) jetzt bin ich gründlich abgekühlt.

16. Scene.

Richter. Hans. Minna. Dann **Oskar.**

Richter. Du solltest Deine Sachen packen und stehst noch da — alter —

Hans (tritt zu ihm — leise). Esel — bitte, Herr Amtsrath, sagen Sie Esel — ich bin nämlich wirklich einer. (Ab links vorn.)
(Minna ab durch die Mitte).

Oskar (tritt durch die Mitte — legt ab). Nun — Herr Amts= rath — alle Geschäfte beendigt?

Richter. Ja — bis auf die Vorwürfe, die ich Ihnen machen muß.

Oskar. Mir — Vorwürfe?

Richter. Ja — es ist sehr Unrecht — warum sagten Sie mir nichts von der Reise.

Oskar (verwundert). Von der Reise?

Richter. Verstellen Sie sich nur nicht — da steht ja der Koffer!

Oskar (verblüfft). Ja — da steht der Koffer.

Richter. Ihre Frau hat mir Alles gesagt — sie packt schon ein.

Oskar. Sie — packt — ein?

Richter. Ich dächte, so stehen wir doch — daß Sie meinethalben keine Umstände machen. Ihre Frau meint, die Reise sei nöthig, also natürlich wird gereist.

Oskar. Natürlich! (bei Seite) Ich verstehe kein Wort. Herr Gott — sie hat gesagt, sie verreist, damit er auch geht (sieht Richter forschend an) und Sie sind wirklich nicht böse?

Richter. Thorheit — hätten Sie es nur eher gesagt.

Oskar (flott lügend). Ja, sie hat ja die Nachricht erst heut erhalten.

Richter. Heut — die Nachricht?

Oskar. Ja — nun will sie gleich fort.

Richter (verwundert). Sie will —

Oskar. Ja — (bei Seite) was sag ich nur? (Laut.) Es ist nämlich eine alte Tante von ihr krank geworden — eine alte — die möchte sie noch einmal sehen.

Richter. So — so — so — (verstehend — bei Seite) lügt ihr und der Teufel!

Oskar. Sie hat die alte Tante sehr lieb gehabt — und da —

Richter. Ja, ja — das begreife ich. Aber keine hübsche Reise — es wäre netter, wenn sie Gevatter stände.

Oskar. Gevatter? — — freilich — freilich — aber — —

Richter (jovial). Man muß die Feste feiern wie sie fallen. (Bei Seite.) Maßregelt mich die Gesellschaft zum Hause hinaus.

Oskar. Ich möchte doch meine Frau sprechen.

Richter. Da ist die ganze Verwandtschaft brin — lassen Sie die nur — ich habe nämlich meine Sachen auch gepackt.

Oskar. Ah — Sie wollen fort?

Richter. Ja — ich habe auch heut eine Nachricht erhalten — die mich plötzlich abruft.

Oskar. Oh — hoffentlich keine schlechte.

Richter. Sehr hübsch war sie nicht — aber ich will mich nur schnell fort machen, — heba (an der Thür links vorn) Hans — meine Sachen zur Bahn.

(Hans mit Koffer und Reisedecke von links).

Oskar. So eilig ist es doch nicht?

Hans. Hier ist der Paletot und Stock (giebt beides an Richter — dann ab durch die Mitte).

Richter. Ich möchte nicht, daß mich die Gesellschaft hier noch findet. (Sieht die Verwandten von links eintreten.) Na ja — da haben wir's.

17. Scene.

Adelheid. Fanny. Paul. Ella. Vorige.

Adelheid. Welche Ueberraschung — mein lieber guter Schwager — Sie hier?

Fanny. Der liebe gute Onkel. (Küßt ihn.)

Paul. Mein theuerster Onkel. (Giebt ihm die Hand.)

Richter. Mein noch theurer Neffe! — Ich bin auch überrascht, Euch Alle hier zu finden.

Adelheid. Wir wollten sehen, wie es unserer guten, süßen Ella geht.

Richter. Und ich war auf dem Wege zu Euch — wahrhaftig.

Adelheid. Das trifft sich ja reizend — die Kinder wollen Hochzeit machen — da ist so viel zu überlegen und zu besprechen. — —

Paul. Ja — und Sect ist auch kalt — steht bei uns immer auf Eis.

Fanny. Onkel bleibt natürlich eine Weile bei uns.

Richter. Kinder — das geht nicht. (sprechen leise weiter).

Paul (herablassend zu Oskar). Ihnen geht es gut, Herr Baumeister? Viel Geschäfte — freut mich wahrhaftig — freut mich.

Oskar. Sehr verbunden.

Fanny. Wir nehmen Sie gleich mit. (Faßt ihn unter.)

Richter. Laßt mich wenigstens hier Abschied nehmen. (Tritt zu Ella.) Liebe Ella, meinen besten Dank für freundliche Behandlung.

Ella. Daß Sie so schnell fort wollen —

Richter. Ja — denken Sie — (nimmt sie bei Seite — etwas leise) was mir passirt — eine Tante von mir ist krank geworden.

Ella. Tante? — — die muß aber sehr alt sein!

Richter. Hm — sehr — nun also auf Wiedersehn! (Giebt ihr die Hand.)

Adelheid (zu Ella). Sie sind doch nicht böse, liebe Ella, daß wir Ihnen den guten Onkel entführen.

Ella. Durchaus nicht.

Paul. Leben Sie recht wohl, Herr Baumeister — (scherzend) und bauen nicht zu viel Luftschlösser!

Oskar. Das überlasse ich Andern.

(Adelheid, Richter, Paul, Fanny — sich verabschiedend — ab durch die Mitte.)

Ella. Ah — endlich sind wir wieder allein — lieber Oskar — es ist mir, als wenn Du nun jetzt erst mir wieder ganz gehörtest.

Oskar. Meine liebe Ella!

Ella. Der alte Amtsrath ist wirklich keine Gesellschaft für Dich.

Oskar. Er ist ein Ehrenmann!

7*

Ella. Denke Dir — er wollte mich ins Vertrauen ziehn — in eine Geschichte verwickeln — doch ist das Beste, ich spreche gar nicht davon, es war eine sehr garstige Geschichte.

Oskar. Da will ich weiter gar nicht fragen.

Ella. Aber was sagst Du — ich bin ein schwaches Weib — habe ich die Sache nicht sehr geschickt angefangen? — er wäre noch wochenlang geblieben.

Oskar. Du hast mich in die größte Verlegenheit gebracht — ich wußte doch von nichts.

Ella. Denke Dir — er trank hier mit dem kleinen Arthur Portwein — da faßte ich schnell den Entschluß und sagte ihm —

Oskar. Ich merkte es — und hatte Geistesgegenwart, schnell darauf einzugehn — sagte, Du müßtest unverzüglich abreisen.

Ella (verwundert). Ich?

Oskar. Nun ja — er wollte den Grund wissen — da sagte ich, eine alte Tante sei krank geworden.

Ella. Aber Oskar!

Oskar. Was hast Du denn?

Ella. Da hast Du etwas Schönes angerichtet, ich habe ihm gesagt, Du müßtest heut reisen, um Gevatter zu stehn.

Oskar. Ah —

Ella. Deshalb die Anspielung an seine alte Tante — Oskar — wir haben ihn schwer gekränkt.

Oskar. Das thut mir in der That leid.

Ella. Mir auch — Oskar — aber mein Trost ist, daß ich aus Liebe zu Dir handelte — verzeih mir — meine Angst war zu groß, daß ich Dich verlieren könnte durch ihn — ich habe Dich ja zu lieb. (Umarmt Oskar).

Oskar (zärtlich). Meine liebe Ella. (Umarmung.)

18. Scene.

Plock. Ella. Oskar.

Plock (durch die Mitte eintretend — sieht, daß Ella und Oskar auseinander fahren). Ich bitte tausendmal um Entschuldigung — ich glaubte, den Amtsrath hier anzutreffen und trat ohne Umstände ein.

Oskar. Bitte — bitte, Herr Justizrath.

Plock. Ich werde ihn auf seinem Zimmer aufsuchen (will nach links).

Ella. Der Herr Amtsrath ist abgereist.

Oskar. Vor ganz kurzer Zeit.

Plock. Abgereist — wohl nicht möglich — er wollte mich doch hier erwarten, (schlägt sich vor die Stirn) ah — wenn er abgereist ist, darf ich ja sprechen. — (Lachend.) Der alte Freund hat die Zeit nicht erwarten können, daß sie's erfahren (reibt sich vergnügt die Hände) das sieht ihm ähnlich. Nun, Herr Baumeister, wenn er wirklich abgereist ist, dann haben wir ein Geschäft abzuwickeln.

Ella. Da will ich nicht stören. (Will fort.)

Plock. Nein, nein — Sie stören nicht — im Gegen= theil — Sie müssen bleiben, denn Sie sind dabei betheiligt.

Ella. Ich wüßte nicht, daß ich Geschäfte hätte.

Plock. Sie werden gleich hören — bitte, nehmen Sie einen Augenblick Platz.

Oskar. Da bin ich doch neugierig.

Plock. Ja — sein Sie so neugierig, wie Sie wollen — rathen Sie, was Sie wollen, das, was ich Ihnen zu sagen habe, rathen Sie doch nicht.
(Alle Drei haben sich gesetzt — Ella links — Oskar rechts — daneben nach der Mitte zu Plock).

Oskar. Hoffentlich keine schlimme Nachricht.

Plock. Das sehn Sie mir wohl an. Wenn ein Proceß verloren ist, setzt ein Advocat die Amtsmiene auf — wenn er aber gewonnen ist — dann reibt man sich die Hände — (sich die Hände reibend) immer reiben Sie mit — Sie auch, gnädige Frau.

Ella. Hast Du einen Prozeß?

Oskar. Ich wüßte nicht.

Plock. Sie wissen, der Amtsrath besitzt ein Vermögen von ungefähr 500,000 Mark. Nun denken Sie sich die Freude des alten Herrn — er hat einen Sohn gefunden.

Ella. Ach die Geschichte — da will ich doch lieber gehen. (Steht auf, will gehen, setzt sich dann wieder.)

Plock. Nein, nein — keinen Sohn — aber Jemand, den er wie einen Sohn liebt — der sein Erbe sein soll. —

Oskar. Ich begreife nicht, was das uns angeht.

Plock. Heute Morgen ließ er mich rufen — ich mußte sein Testament machen — das hier ist es, (nimmt ein Actenstück aus der Tasche) schwarz auf weiß — fehlt nur seine Unterschrift — wenn er abgereist ist, darf ich auch den Inhalt verrathen. Da — (lesend) „diese Person, die ich lieb gewonnen habe, als wäre sie mein leiblicher Sohn und welche mein Universalerbe sein soll, ist — — — der Baumeister Oskar Richter."

Oskar (erregt). Ich? (springt auf) wirklich ich?

Plock. Da, hier stehts — lesen Sie selbst — (hält Oskar das Testament hin).

Oskar (hat gelesen). Wahrhaftig! (Giebt das Testament zurück.)

Plock (zu Ella). Wollen Sie auch sehen — (bemerkt, daß Ella niedergeschlagen basteht). Ja, was haben Sie denn — (steht ebenso Oskar niedergeschlagen da stehn) das ist ja eine sonderbare Art sich zu freuen.

Ella. Sie sagten, daß die Unterschrift noch fehle.

Plock. Allerdings — aber die versteht sich ganz von selbst.

Oskar. Nein, er wird nie unterschreiben.

Ella. Ganz gewiß nicht.

Plock. Weshalb glauben Sie denn das?

Ella. Wir haben den alten Herrn heute ja gekränkt.

Plock. Ah —

Oskar. Sehr gekränkt — — Ja — wir haben ihn auf Deutsch — — — (macht die Bewegung des Hinauswerfens).

Plock. Ist es möglich? — (Bei Seite.) Da habe ich am Ende eine Dummheit gemacht, (steckt das Testament ein) war etwas zu voreilig. (Laut.) Aber wie ist das möglich!

Ella. Ich bin eigentlich daran Schuld.

Oskar. Oh nein — nicht mehr wie ich.

Ella. Ja, Oskar — ich sprach heute Morgen zuerst den Wunsch aus, daß er fort sollte.

Oskar. Ich gab aber die erste Ursache dazu, folglich ist es meine Schuld.

Ella. Nein, nein.

Plock. Unter den Umständen ist es das Beste, Sie vergessen, was ich Ihnen gesagt habe.

Ella. Ich werde mir ewige Vorwürfe machen, daß ich Dich um Dein Glück gebracht habe. (Will weinen.)

Oskar (geht zu ihr — zärtlich). Nein, liebe Ella. — So lange ich Dich habe — habe ich auch mein Glück. Keine Thräne, liebe Ella. (Heiter.) Denken wir, wir hätten ein Mährchen gehört — ein Mährchen aus tausend und einer Nacht — die schimmernden Schätze sind verschwunden — (indem er sie umarmt) doch das Glück ist mir geblieben — nicht wahr, Herr Justizrath.

Plock. Der Himmel möge es Ihnen immer erhalten. (Will gehen.)

19. Scene.

Minna. Vorige. Dann Richter.

Minna (durch die Mitte meldend). Der Herr Amtsrath. (Allgemeines Erstaunen.)

Richter (b. b. M. gleich darauf eintretend). Ich bin's wirklich. (Sieht die Anwesenden an, dann nach kleiner Pause) Nehmt's nicht übel, daß ich noch einmal störe — — aber — — ich habe etwas ver= gessen — es ging vorhin mit der Abreise so Hals über Kopf — — ich habe meinen Regenschirm stehen lassen. (Sieht sich um, als wenn er etwas sucht.) Er muß irgendwo stehen.

Oskar. Oh, bitte ich werde gleich nachsehen. (Sucht umher.)

Ella. Er wird sich jedenfalls finden. (Sucht ebenfalls.)

Richter. Mache ich Euch noch solche Umstände!

Oskar. Vielleicht in Ihrem Zimmer. — (Geht in die Thür vorn links.)

Ella (die im Hintergrunde suchte, b. S. etwas ängstlich). Jetzt läßt er mich allein — (geht in die Thür links hinten).

Richter (als er sieht, daß Beide fort sind — schnell zu Plock). Ich komme eigentlich nur Deinethalben.

Plock. Ich weiß Alles, Du brauchst kein Wort zu verlieren.

Richter. Was soll das heißen — hast Du meinen Auf= trag erfüllt?

Plock. Versteht sich — (zieht das Testament hervor). Hier ist es — aber — (zögert es zu geben).

Richter. Aber — aber — — so gieb doch — ich habe nicht lange Zeit — die kommen ja gleich (nimmt das Testament und liest es schnell). Sehr gut — sehr gut — ganz wie ich wünschte — da ist ja Dinte und eine Feder — also — (setzt sich an den Tisch rechts — mit dem Rücken nach links).

Ella (von links hinten). Ich finde nichts! (Plock winkt mit der Hand zu, still zu sein.)

Oskar (tritt von links vorn wieder ein). Kein Regenschirm zu sehn.

Ella (sehr erregt — zu Oskar). Oskar sieh nur. (Zeigt auf Richter.)

Oskar (erstaunt). Er unterschreibt wirklich?

Ella. Ich muß ihm um den Hals fallen — wenn er nur nicht dächte, daß es deshalb ist.

Oskar. Wie stehen wir da, Ella!

Richter (hat erst gelesen — nachdem er sich setzte, dann die Feder genommen und indem er unterschreibt). Nun denn in Gottes Namen! So — (indem er Plock das Testament giebt). Du wirst das unverzüglich beim Gericht deponiren, dann ist Alles in Ordnung.

Plock. Verlaß Dich auf mich.

Ella (geht schnell auf Richter zu). Nein — nein — ich halte mich nicht länger. (Innig). Lieber Onkel Grog, können Sie mir vergeben — ich allein trage alle Schuld.

Oskar. Nein — das kann ich nicht zugeben. —

Richter (etwas barsch, nachdem er Ella und Oskar angesehn). Was soll denn das?

Ella. Gewiß — glauben Sie mir!

Richter (zu Plock). Ich glaube gar, Du alte Plaudertasche hast den Mund nicht halten können.

Plock. Bitte — Du warst ja abgereist.

Richter (steht auf.) Ach, Unsinn!

Ella. Sie meinten es so gut mit uns — wie beschämt stehe ich vor Ihnen.

Richter. Darüber machen Sie sich keine Schmerzen, ich verstehe Alles — Sie sind eine kleine, resolute Frau und haben ganz Recht gehandelt.

Ella. Oh, ich will Alles wieder gut machen.

Richter. So — also jetzt wollen Sie sich meines ungerathenen Sohnes annehmen. (Zeigt auf Oskar.)

Ella. Ja — mit Freuden!

20. Scene.

Haus. Minna. Vorige.

Haus. Der Kutscher will nicht länger warten, Herr Amtsrath.

Ella. Oh — nichts von Abreise.

Oskar. Sie bleiben heut bei uns.

Richter (jovial zu Oskar). Nicht wahr, damit die Bummelei so weiter geht — das glaube ich. Nein, Kinder, meine Ge= schäfte sind abgewickelt.

Hans. Der Zug geht ab.

Minna. So lassen Sie ihn doch. (zu Hans).

Hans (komisch — Minna abweisend). Nein — wir sind nicht schwach!

Richter. Nein — laßt mich heut. — (zu Ella). Halten Sie ihn nur recht strenge — — ja ja — er hat Anlage zum Bummeln — ich habe es ihm vorhin selbst schon gesagt — (indem er Oskar auf die Schulter klopft) aber lieb haben muß man ihn doch. Und Sie — (zu Oskar) behandeln mir die kleine Frau gut.

Oskar. Ich werde sie auf Händen tragen. (Will Ella umarmen.)

Richter (dazwischen). Dazu habt Ihr nachher Zeit. Mir erlaubt Ihr, daß ich einmal sehe, wie es Euch geht — (zu Oskar) das heißt, wenn nicht gerade Ihre alte Tante krank ist — ach entschuldigen Sie — (zu Ella) es war wohl Ihre Tante.

Ella (bittend). Lieber Onkel!

Richter. Lebt wohl, Kinder. (Giebt Beiden die Hände.) Und wird die Geschichte mit dem Gevatterstehn wirklich mal Ernst, dann vergeßt den alten Onkel Greg nicht. Abieu. (Er wendet sich zum Gehn.)

(Ella und Oskar umarmen sich.)

(Der Vorhang fällt.)

Der Hausarzt.

––––

Lustspiel in 1 Akt.

Perſonen.

Carl v. Römer, Gutsbeſitzer.

Anna, ſeine Frau.

Emil, ſein Neffe, Primaner.

Adele v. Turnau, Wittwe.

Dr. Luck, Hausarzt.

Herrmann, Diener.

Das Stück ſpielt auf dem Gut des Herrn v. Römer in der Nähe einer größeren Stadt.
Zeit: Gegenwart.

Die Scene stellt einen eleganten Salon dar, Thüren rechts und links. Große Mittel=
thür, offen, gewährt Aussicht nach dem Garten. Von rechts ein Fenster. Sehr elegante
Einrichtung. Blumen, Tische, Vasen, Kamin. Links und rechts ein Etablissement.

---

1. Scene.

Anna. Herrmann.

Anna (sitzt am Tisch rechts — mit einer Stickerei beschäftigt).

Herrmann (in Livree). Wann befehlen die gnädige Frau
heut das Mittagessen.

Anna. Wie gewöhnlich, um 4 Uhr. Wir sind allein.

Herrmann. Also vier Couverts!

Anna. Das heißt, wenn der Doctor vor Tisch kömmt,
wird für ihn mitgedeckt.

Herrmann. Er sagte mir selbst, daß er noch Vormittag
kommen würde.

Anna. Erinnern Sie meinen Mann, daß er den Jo=
hannisberger herausgiebt.

Herrmann. Zu Befehl. — Die Journale für Frau
v. Turnau habe ich dort auf den Tisch gelegt.

Anna. Es ist gut.

(Herrmann ab durch die Mitte.)

Anna (allein — läßt die Arbeit sinken). Was soll ich dem Doctor
sagen. Heut Morgen hatte ich eine ordentliche Sehnsucht ihn
sobald als möglich hier zu haben — und jetzt — die Sonne

scheint so hell und schön — mir ist wieder ganz leicht und wohl um's Herz. Man sagt, wenn wir in ein gewisses Alter kämen, hätten wir Launen. — Wäre ich schon alt genug dazu — 24 — Jahr? Ach fort mit den Grillen — ich glaube, ich hatte schlecht geträumt — und es war die Nachwirkung. (Nimmt ihre Arbeit wieder auf.)

2. Scene.

Emil. Anna.

Emil (von rechts — sieht sich um). Weißt Du nicht, wo Frau v. Turnau ist, liebe Tante?

Anna. Ich glaube im Garten. Wolltet Ihr nicht zusammen angeln?

Emil. Jawohl — ich habe es nicht vergessen.

Anna. Sie gewiß auch nicht — wahrscheinlich wirst Du sie schon am Teich finden.

Emil. Dann will ich sie, um Gottes Willen, nicht warten lassen. Verzeih', liebe Tante. (Schnell ab durch die Mitte.)

Anna. Merkwürdig, welche Anziehungskraft doch Adele ausübt — mir scheint, der gute Neffe sitzt schon recht fest an der Angel.

3. Scene.

Carl. Anna.

Carl (von rechts). Deine Freundin nicht hier, liebe Anna?

Anna. Wie Du siehst, bin ich allein.

Carl. Ich wollte sie auffordern, mit mir aufs Feld zu fahren.

Anna. Glaubst Du, daß es einer Dame aus der Re sidenz Vergnügen macht, Deinen Weizen anzusehen?

Carl. Es giebt doch mehr als Weizenfelder — der Wald — die Wiesen — die Berge. Hast Du mich nicht immer gern begleitet?

Anna. Gewiß — weil ich in Deiner Gesellschaft war, da macht mir Alles Vergnügen.

Carl (ihr die Hand küssend). Meine liebe Anna! Wenn Du übrigens mitfahren willst, müßten wir den größeren Wagen nehmen — er ist zwar etwas schwer — aber Du weißt ja, der kleine hat nur zwei Sitze.

Anna. Nein, nein — ich bleibe — ich habe in der Wirthschaft zu thun. Fahrt Ihr nur in dem kleinen Wagen — aber ich fürchte beinah, Du wirst einen Korb bekommen.

Carl (schnell — mit Interesse). Ist sie krank — Du hast heut zum Doctor geschickt?

Anna. Krank — nein — aber ich glaube, sie angelt.

Carl. Sie angelt?

Anna. Ja — mit Emil zusammen.

Carl. Das ist ja eine ganz neue Passion von dem Jungen. — Er sollte lieber seine Nase in die Bücher stecken.

Anna. Es sind ja Ferien, lieber Carl — und dann bedenke, der steile Rand am Teich — sie biegt sich zu weit über, sie gleitet aus — er springt hinzu — hält sie auf — — ich finde eine gewisse Beruhigung darin — daß er dabei ist.

Carl. Du hast Recht — es kann ein Unglück geben — ich werde sofort selbst nachsehn. (Will fort).

Anna. Carl! — Ich glaube gar, Du bist eifersüchtig!

Carl (bleibt stehn — kehrt zurück). Ich eifersüchtig? Weil ich Deine Freundin vom Ertrinken retten will.

Anna. Nein — aber weil Emil sie retten könnte.

Carl. Aber Anna!

Anna. Oh, Ihr Männer seid Alle schwach. Wenn ich mit Emil angelte, würdest Du nicht so besorgt sein.

Carl. Aber, liebe Anna — wie kannst Du so etwas sagen? Weißt Du, daß mir dieser Vorwurf weh thut.

Anna (lachend). Siehst Du nicht, daß ich scherze — ich lache ja — ich kenne ja Dich und kenne Adele.

Carl. Du kannst wirklich unbesorgt sein. Hab ich doch die beste und schönste Frau — auf die ich stolz bin.

Anna. Ich danke Dir für dieses Wort. Du hast mich so verwöhnt durch Deine Liebe und Güte, daß ich es nicht er= tragen könnte — wenn ich nicht immer die Beste in Deinen Augen wäre.

Carl (sie umarmend). Du wirst es stets bleiben.

Anna (etwas abwehrend). Aber nun geh — und verhüte ein Unglück. (Macht sich los.)

Carl. Gut und — klug. Adieu, Anna! (Ab durch die Mitte.)

Anna. Er geht wahrhaftig — — und nennt mich „klug". — Eigentlich ein Zugeständniß — und doch ist es besser, daß ich lache, als daß ich schmolle. — Ich habe mir schon zu viel merken lassen — ich bin unzufrieden mit mir — im Grunde genommen, hat es nichts zu bedeuten und ich hätte es leichter aufgefaßt — wenn ich mich nicht unwohl fühlte. Hoffentlich kommt der Doctor bald. (Setzt sich wieder an ihre Arbeit.)

4. Scene.

Adele. Anna.

Adele (von links eintretend).

Anna. Ah — da bist Du ja noch.

Adele. Ja — wo sollte ich sein?

Anna. Die Herren suchen Dich. Emil will mit Dir angeln — mein Mann will Dir seine Weizenfelder zeigen.

Adele. So —! Ich bin zu beiden Vergnügen heut nicht aufgelegt — und doch — — was soll ich vornehmen?

Anna. Deine Journale sind auch angekommen.

Adele. Dann ist ja mein Morgen untergebracht. (Setzt sich an den Tisch links und nimmt die Journale vor.) Wieder schottische Bän=der! Was sagst Du dazu?

Anna. Ist das etwas Besonderes?

Adele. Ich hätte nicht geglaubt, daß die wieder aufkämen.

Anna. Die Mode ist ja ein ewiger Kreislauf.

Adele. Immer mehr Schleifen und Rüschen. Die Pa=letots lang — aber, Gott sei Dank, eng anliegend — die Hüte entzückend. Es geht doch Nichts über ein so kleines, niedliches Baret.

Anna (hat sie kopfschüttelnd angesehen). Ich begreife nicht, wie eine Frau von Geist solche Passion für die Mode haben kann.

Adele (lachend). Die Frau von Geist bedankt sich für das Compliment — aber Du thust, als ob die Toilette etwas ganz Gleichgültiges wäre.

Anna. Das nicht — ich zahle auch meinen Tribut — aber mir scheint, Du bist so elegant — wie man nur sein kann — hast für jeden Tag eine neue Toilette — und be=schäftigst Dich dennoch mit neuen Plänen.

Adele. Liebes Kind — Du lebst auf dem Lande — aber Du glaubst nicht, welche Concurrenz wir in der Residenz auszuhalten haben. Das Neue ist veraltet — sowie das Neueste da ist.

Anna. Das verstehe ich sehr gut — ich glaubte mich auch gut zu kleiden und sehe neben Dir unscheinbar aus.

Adele. Soll ich Dir Complimente machen, liebe Anna? Was wollte ich für eine Rolle spielen, wenn ich Deinen sanften

Blick hätte und Dein anmuthiges Lächeln. Hätteft Du zu Raphael's Zeiten gelebt — er würde Dich als Madonna ver= ewigt haben.

Anna. Heut sind Madonnen und Mondschein aus der Mode. Wir haben elektrisches Licht — darin strahlen die Brillanten heller, als je.

Adele. Ja, ja — das ist meine Theorie. Wozu hätten wir elektrisches Licht, Diamanten — Seide — Glanz, wenn wir das Alles nicht verwerthen wollten, um zu gefallen.

Anna. Gefallen? Lebt man denn aber nur, um zu gefallen?

Adele. Wenn man sich ganz klar ist — ja! Willst Du etwa nicht Deinem Manne gefallen?

Anna. Oh —

Adele. Ja, siehst Du.

Anna. Durch meine Toilette aber doch nicht allein.

Adele. Allein nicht — aber sie gehört dazu. Uebrigens giebt Dein Mann etwas darauf — er hat sich gestern über dies Thema eingehend mit mir unterhalten.

Anna. Bin ich ihm etwa nicht modern genug?

Adele. Liebes Herz, du bist erhaben darüber — Dein Mann liebt Dich und schätzt in Dir Deine guten Eigenschaf= ten — weil er sie kennt. Wir aber in der großen Welt — wer kennt unsere Seele, oder wer giebt sich Mühe, sie kennen zu lernen. — Wir sind wie die Vögel — die nach den Federn beurtheilt werden. Darum verdenke es mir nicht — wenn ich ein möglichst glänzendes Gefieder anlege. Und doch verachte ich es — (wirft die Journale fort, steht auf). Ich beneide Dich, Anna. (Setzt sich zu ihr.) Das Leben ist nur schön, wenn man glücklich ist, und Ihr seid wahrhaftig glücklich. Was habe ich?

Anna. Du wirst ja von aller Welt bewundert.

Adele. Ja, mein Gefieder — ich höre Schmeicheleien —

felten mit — oft ganz ohne Geist. Wahrheit — Herz — Gemüth suchen die Männer nicht — weil sie das selbst nicht haben.

Anna. Oho!

Adele. Dein Mann natürlich ausgenommen.

Anna. Wahrhaftig, er ist gut.

Adele. Das weiß ich — deshalb fühle ich mich auch so wohl bei Euch. Du glaubst nicht, welche Erholung es mir war, nach dem aufreibenden Treiben der Gesellschaft hier in Ruhe mit Dir, meiner besten Freundin, einige Tage zu ver= leben. Die schöne Zeit wird bald vorüber sein — ich werde nächstens doch an meine Abreise denken müssen (steht auf).

Anna (nach kleiner Pause). Es war so freundlich von Dir, daß Du mit unsrer ländlichen Einsamkeit fürlieb genommen hast.

Adele (bei Seite). Ah — sie fordert mich nicht auf, zu bleiben.

Anna (legt die Arbeit fort — aufstehend). Da sind ja unsere Herren.

5. Scene.

Carl. Emil. Vorige.

Emil (mit einem Rosenbouquet b. b. Mitte). Sie scheinen mich vergessen zu haben, gnädige Frau, ich habe an Sie gedacht. (Ueberreicht ihr das Bouquet.)

Adele. Danke sehr — diese schönen Rosen.

Carl (Emil anstoßend — halb leise). Lieber Freund — das sind die Lieblingsrosen meiner Frau.

Anna. Laß ihm doch den kleinen Scherz.

Emil. Ich habe auch einige Vergißmeinnicht am Wasser gepflückt — die wirst Du mir nicht streitig machen, lieber Onkel. (Giebt sie Adele.)

Adele. Die gefallen mir noch beſſer wie die Roſen.

Emil. Ich wäre beinah dabei in's Waſſer gefallen — aber für Sie riskire ich mein Leben.

Carl (zu Anna). Der Junge iſt unausſtehlich.

Anna (achſelzuckend). Er iſt verliebt.

Carl. Thorheit! — (zu Adele.) Gnädige Frau, ich ſuchte Sie — um zu fragen, ob Sie nicht mit mir ſpazieren fahren wollten.

Emil. Wir angeln jetzt — nicht wahr, gnädige Frau — ?

Carl. Unſinn — es iſt bald Mittag — da beißen die Fiſche nicht — aber es iſt die beſte Zeit, Würmer zu ſuchen — das thue nur bald.

Emil. Ich weiß gar nicht — was der Onkel gegen das Angeln hat?

Carl. Wir fahren alſo?

Adele. Ich glaube, die Sonne ſteht auch für eine Spazierfahrt zu hoch.

Emil (ſchnell). Es iſt ſehr heiß — und die Pferde ſind auch unruhig wegen der Fliegen.

Carl. Du haſt ganz recht — dann ſei ſo gut und ſage dem Kutſcher, daß er ausſpannt.

Emil (zu Adele). Die gnädige Frau wollten ja die Rappen gern ſehen.

Carl. Du würdeſt mich verpflichten — wenn Du meinen Auftrag bald ausführteſt — gleich.

Emil. Ich gehe ja ſchon. (Bleibt in der Thür ſtehen).

Carl. Wenn Sie angeln wollen, ſtehe ich auch zu Befehl.

Adele. Ich danke — ich gebe dieſes Vergnügen auf, ſeitdem ich weiß, was eine Angelruthe iſt.

Carl. Eine Angelruthe? —

Adele. Iſt ein Stock — an welchem an einem Ende

ein Regenwurm — am andern ein Narr befestigt ist. Wollen Sie angeln? (Emil schnell ab.)

Carl. Ich danke.

Adele. Und doch möchte ich an die Luft — (zu Anna) wollen wir eine Promenade durch den Park machen?

Anna. Liebe Adele — meine Wirthschaft.

Carl. Ich stehe zu Befehl, gnädige Frau!

Adele. Ich vermisse meinen Sonnenschirm.

Carl. Werde ihn sogleich holen. (Schnell links ab).

Adele. Du machst meinethalben doch zu viel Umstände, Anna —. Wäre ich nicht hier — würdest Du mehr Zeit für Dich haben.

Anna. Wo denkst Du hin.

Adele. Ja ja — die Zeit für meine Reise nach Kis=singen rückt auch heran — ich sehe ein, daß es besser ist, wenn ich bald reise.

Carl (von links — hat die letzten Worte gehört). Reisen? Sie sprechen doch nicht von abreisen, gnädige Frau?

Adele. Allerdings — man muß seinen Freunden ein Maß stecken — ich glaube, ich bin zu lange hier.

Anna. Aber so plötzlich — das ist Unrecht.

Carl (hat Adele den Sonnenschirm gegeben). Darf ich um Ihren Arm bitten — ich denke, Sie lassen noch etwas mit sich han=deln, gnädige Frau. (Beide ab durch die Mitte).

Anna (sieht ihnen nach). Es war wieder thöricht — ich hätte ihr auch zureden sollen. Ob ich mitgehe? — (entschieden — etwas unwillig) nein — ich will nicht. Sie ist meine beste Freundin — ich traue ihr.

Emil (durch die Mitte). Lieber Onkel — — (sieht sich um). Wo ist sie denn schon wieder?

Anna. Im Buchengang links — da findest Du sie.

Emil. Ich muß doch dem Onkel melden, daß ausgespannt ist.

Anna. Gewiß — gewiß. Mach nur, daß Du sie einholst. (Emil ab durch die Mitte.)

Anna. Sie hat Recht. Das glänzende Gefieder sticht in die Augen. Ich werde doch auch anfangen, die Modejournale zu studiren. (Setzt sich links mit einem Journal.)

6. Scene.

Herrmann. Anna. Dann **Luck.**

Herrmann (durch die Mitte). Gnädige Frau, der Herr Doctor ist soeben vorgefahren.

Anna. Ich lasse bitten! — (Herrmann ab durch die Mitte.) aber ich will mich zusammennehmen — kein Wort der Klage soll über meine Lippen — mag er lieber denken, daß ich krank bin.

Luck (durch die Mitte — legt Hut und Stock ab). Wie freue ich mich, Sie zu sehen, gnädige Frau — Sie sind also nicht die Patientin, die mich hierherbringt.

Anna. Doch, lieber Doctor — doch — ich ließ Sie bitten.

Luck. Nun — angesehen hätte ich Ihnen das nicht.

Anna. Bitte — nehmen Sie Platz — ich bin wirklich leidend, lieber Doctor.

Luck. So — so. Wenn alle Patienten so lächelnd ihr Leid klagten — dann hätte ich leichtes Spiel.

Anna. Sie scherzen, lieber Doctor — es ist Ernst.

Luck. Da muß ich also im Ernst fragen, was Ihnen fehlt.

Anna. Ja — wenn ich das wüßte — dazu habe ich Sie ja rufen lassen.

Luck. Wollen Sie mir Ihren Puls erlauben (fühlt den Puls — sieht dabei nach der Uhr). Ganz normal! Sie haben Schmerzen?

Anna. Nein — aber ich habe eine Unruhe — die ich Ihnen gar nicht beschreiben kann.

Luck. Schon lange?

Anna. Seit einigen Tagen. Es ist mir, als ob manchmal alles Blut zum Herzen und zum Kopf drängt — ein Gefühl, als ob mir die Brust zu springen drohte, ein Gefühl, das ich gar nicht beschreiben kann.

Luck. So — so —

Anna. Ich schlafe schlecht — die beiden letzten Nächte fast gar nicht — Morgens überfällt mich dann eine Mattigkeit — die ich früher nie gekannt habe — ich glaube, lieber Doctor — es ist ein Nervenfieber im Anzuge.

Luck (lachend). Da käme ich grade zur rechten Zeit. Haben Sie irgend eine Aufregung gehabt? —

Anna. Nein.

Luck. Oder einen Kummer?

Anna (schnell). Oh nein!

Luck. Oder sollte Sie gar mein guter Freund Carl geärgert haben?

Anna. Nein. (Gezwungen lachend.) Wo denken Sie hin!

Luck. Verzeihen Sie, daß ich danach frage — aber ein Arzt muß manchmal indiscrete Fragen stellen, und Sie wissen, ein Patient muß offen sein.

Anna (lachend). Ja wohl, fragen Sie nur immer weiter.

Luck. Ich bin eigentlich am Ende mit Fragen — oder — wollen Sie krank sein, gnädige Frau?

Anna. Das ist schlecht von Ihnen, Doctor. Sie wissen, daß ich zur Intrigantin gar kein Talent habe.

Luck. Ja, ich glaube, zum Kranksein noch weniger. Hm — hm — etwas steckt dahinter.

Anna (von jetzt an gesucht munter). Kluger Doctor, merken Sie denn noch nichts — haha — Sie sollten bei uns zu Tisch bleiben.

Luck. Ah — das ist allerdings eine neue Form der Einladung. Also ein feines Gericht — gewiß eine Gänse=leberpastete!

Anna. Nein — diesmal ist es mehr ein Schaugericht. Wir haben Besuch — meine intimste Jugendfreundin, was könnten wir ihr für eine bessere Gesellschaft schaffen — als unsern geistreichen Hausarzt.

Luck (küßt ihr die Hand). Sie sind liebenswürdig wie immer, gnädige Frau.

Anna. Aber lieber Doctor — thun Sie mir den Ge=fallen und seien Sie heut recht geistreich.

Luck. Eine gefährliche Aufforderung — wenn man geistreich sein soll, ist man gewöhnlich am dummsten.

Anna. Oh — bei Ihnen kann man das riskiren! — Jetzt werde ich Ihnen aber meinen Mann holen — (giebt ihm die Hand). Ich freue mich, Doktor — ich freue mich wahrhaftig — daß Sie da sind. Haha! (Schnell ab durch die Mitte.)

Luck (ihr nachsehend). Sonderbar! Das war nicht ganz natürlich — zuerst niedergeschlagen — im Ernst gedrückt — dann diese Lustigkeit. So leicht bethört man seinen Hausarzt nicht, schöne Frau. — — Wollten Sie mich zu Tisch haben, hätten Sie es direkt geschrieben. Hm — hm — nun wir werden ja sehen.

7. Scene.

Luck. Carl.

Carl (durch die Mitte). Ah lieber Doktor — willkommen — freue mich ja herzlich, Dich zu sehen. Du bist doch nicht böse, daß Dich meine Frau herbeigezaubert hat — wie sie sagt.

Luck. Gott bewahre. Wir haben so grassirende Ge= sundheit, daß ich Zeit für Euch habe.

Carl (präsentirt eine Cigarrentasche). Willst Du eine Cigarette? — setz' Dich. Es ist gut, daß wir einen Augenblick allein sind. Ich habe eine Bitte an Dich — hier ist Feuer — (giebt ihm Feuer). Wir haben nämlich Besuch.

Luck. Deine Frau hat mir schon erzählt — eine Freundin.

Carl. Eine recht nette Frau — klug — liebenswürdig — gescheut — schön — graciös —

Luck. Nu — nu — nu — nu —.

Carl. Ja wahrhaftig. Als sie ankam, war sie von den vielen Gesellschaften und Bällen angegriffen — sah ganz blaß aus — der Landaufenthalt hier hat sie merkwürdig gestärkt.

Luck. Ihr pfuscht mir ja in's Handwerk.

Carl. Jetzt will sie plötzlich fort — Du sollst ihr zu= reden, daß sie noch bleibt — vom ärztlichen Standpunkt aus — verstehst Du.

Luck. Den Gefallen kann ich Dir mit gutem Gewissen thun.

Carl. Dann noch etwas — bringe doch heut gelegent= lich das Gespräch darauf — daß man eigentlich eine Badekur gebrauchen müßte — ehe man ganz krank ist.

Luck. Prophylaktische Behandlung. Aber wer soll die Kur gebrauchen?

Carl. Ich!

Luck. Ach so — etwas Seebad oder Alpenluft.

Carl. Nein — Du mußt mich nach Kissingen schicken.

Luck. Ah — nach Kissingen — auf die Idee wäre ich allerdings nicht gekommen.

Carl. Ich bin überzeugt, daß es mir sehr gut ist — und Du mußt thun, als wenn die Idee von Dir ausginge.

Als alter Freund thust Du mir den Gefallen — nicht wahr? (Giebt ihm die Hand.)

Luck. Wenn Du durchaus willst. — Jetzt verstehe ich Dich erst — die Freundin soll hier bleiben und Deiner Frau Gesellschaft leisten.

Carl (herausfahrend). Nein — — die geht auch nach Kissing— — — (schlägt sich auf den Mund). Oh, das war dumm — da habe ich mich verschnappt.

Luck. So, so — so — (Bei Seite). Daher die Beklemmungen!

Carl. Was sagst Du?

Luck. Nichts — ich bewundre Dich nur.

Carl. Weshalb soll ich vor Dir ein Geheimniß haben. Die Frau gefällt mir, und ihre Gesellschaft ist so anregend, daß mir die Kur sehr gut bekommen wird.

Luck. So — so — so —

Carl. Nein nicht so — so — so — es ist die beste Freundin meiner Frau.

Luck. Ach so — und nun soll es auch Deine beste Freundin werden?

Carl. Ach — mach' keine Scherze.

Luck. Weiß sie denn, daß Du auch nach Kissingen willst?

Carl. Ich sprach davon.

Luck (forschend). Und sie ist damit einverstanden?

Carl. Unter uns — ich denke es.

Luck (bei Seite). Scheint ja eine nette Fliege zu sein, die Freundin!

Carl. Wir reisen natürlich nicht zusammen.

Luck. I Gott bewahre —! Man trifft sich so — zufällig. — — Aber sage mal, lieber Freund — was wird denn Deine Frau dazu sagen?

Carl. Meine Frau? — Ja — da sollst Du mir grade helfen!

Luck. Ich danke für das Vertrauen — (schüttelt ihm ironisch die Hand). Nun — sei unbesorgt — ich werde Dir nach besten Kräften dienen.

Carl. Du bist wirklich ein wahrer Freund. Meinen Dank im Voraus. — Jetzt lasse ich Dich aber allein, damit die Damen nicht merken, daß wir uns verabredet haben. (Sieht Emil eintreten.) Da ist ja mein Neffe. —

8. Scene.

Emil. Luck. Carl.

Emil (durch die Mitte).

Carl (vorstellend). Herr Dr. Luck — mein Neffe — Emil von Römer — sei so gut, unterhalte den Herrn Doktor etwas — ich werde in den Weinkeller gehn. (Carl rechts ab.)

Luck. Sie sind schon einige Zeit im Hause Ihres Onkels?

Emil. Ich habe meine Ferien hier verlebt.

Luck. Ich höre, es ist noch Besuch hier — eine Dame — —

Emil. Ah — Frau von Turnau.

Luck. Ganz recht! — — sie soll hübsch sein.

Emil. Hübsch — nein. Schön — hinreißend schön.

Luck (bei Seite). Das scheint der dritte Patient zu sein. (Laut). Sie ist auch liebenswürdig?

Emil. Entzückend. — Sie ist das reizendste Wesen, das auf der Erde wandelt — es ist ein verkörperter Sonnenstrahl — ein Akkord, der Leben gewonnen hat — es ist der Inbegriff aller Schönheit — alles Liebreizes — aller Vollkommenheit.

Luck. Ich danke, (giebt ihm die Hand) jetzt bin ich vollständig orientirt.

Emil. Wie werde ich es nur aushalten — wenn ich nicht mehr in ihrer Nähe weilen darf. — Ach — Herr Doctor — eine Idee!

Luck. Wollen Sie etwa heirathen?

Emil. Ach — an so etwas denkt man doch nicht, wenn man verliebt ist. Aber Sie können mir helfen.

Luck. Wollen Sie vielleicht auch nach Kissingen?

Emil. Nein — aber ich möchte hier bleiben.

Luck. Ja — da bleiben Sie doch.

Emil. Die Schule geht ja wieder an. Montag sind meine Ferien zu Ende — aber wenn Sie mir ein Attest ausstellen — daß ich krank bin — kann ich noch bleiben.

Luck. Ach so —

Emil. Machen Sie es nur recht schlimm — damit ich recht lange bleiben kann.

Luck. Lieber junger Freund — was verlangen Sie von mir. Ich soll Ihnen attestiren, daß Sie krank sind, habe aber die Ueberzeugung, daß Sie ganz gesund sind, bis auf eine kleine Gehirnaffection, die sich von selber geben wird, wenn Sie sich wieder einige Tage in der Prima aufgehalten haben. Wie kommen Sie darauf, mir zuzumuthen, daß ich gegen meine Ueberzeugung etwas attestire?

Emil. Ach so — ich habe vergessen zu sagen, daß ich Schmerzen habe.

Luck (lachend.) Ach — so.

Emil. Entsetzliche Seitenstiche.

Luck. Bravo — ich werde Sie nachher untersuchen, schicke Sie ins Bett, und um die Sache recht natürlich zu machen, setze ich Ihnen zehn bis zwölf Blutegel oder applicire Ihnen einen Aderlaß.

Emil. Das ist wohl etwas zu viel.

Luck. Glauben Sie denn, daß Frau von Turnau erfreut sein würde — wenn Sie hier bleiben?

Emil (überzeugt). Ja, ganz gewiß. Dieses Vergißmein= nicht hat sie mir gestern geschenkt (küßt es.)

Luck. Und würde sich der Onkel auch freuen?

Emil. Der platzt vor Neid. — Der macht ihr nämlich den Hof.

Luck. Was Sie sagen! Sie scheinen für Ihr Alter schon viele Erfahrungen zu haben.

Emil. Aber Sie helfen mir — nicht wahr, Herr Doctor, ich verlasse mich auf Sie.

Luck. Sein Sie überzeugt — ich bin ja zum Helfen da!

Emil. Sie ist zu schön! (Emil ab rechts.)

Luck (allein). Jetzt sehe ich ziemlich klar. Die arme, kleine Frau scheint wirklich krank zu sein — denn die Freundin ist eine Kokette — die den Mann umgarnt hat. Da bin ich zur richtigen Zeit gekommen. Bei mir soll ihre Koketterie abpral= len — es soll mir Freude machen, sie so zu behandeln, wie sie es verdient.

9. Scene.

Adele. Anna. Luck.

Anna. Liebe Adele, hier stelle ich Dir den besten Freund unseres Hauses vor, Herr Dr. Luck. — Meine Freundin, Frau v. Turnau. Es wird nicht lange dauern — so werdet Ihr auch die besten Freunde sein.

Luck (bei Seite). Ich mache drei Kreuze.

Anna (leise). Vergessen Sie nicht recht geistreich zu sein. — Adele — Du entschuldigst mich einen Augenblick. (Ab nach links)

Adele. Meine Freundin hat mir schon viel Gutes von Ihnen erzählt, daß ich mich auf Ihre Bekanntschaft freue.

Luck. Mir ist es leider ebenso gegangen.

Adele (erstaunt). Leider?

Luck. Ja — wir haben von einander so viel Gutes und Schönes gehört — daß die Erwartungen sehr hoch gespannt sind — und wir gegenseitig leicht enttäuscht sein können.

Adele. Es ist wahr. Der umgekehrte Fall wäre besser.

Luck. Weit besser.

Adele. Aber wollen wir uns nicht setzen? (setzt sich links) bitte — (bietet einen Platz in ihrer Nähe an).

Luck. Wenn Sie gestatten, nehme ich hier Platz. (Setzt sich rechts — bei Seite.) Bei solchen Augen muß man aus der Schußweite bleiben.

Adele. Wenn man aus der Residenz kommt, glaubt man anfänglich, daß es auf dem Lande gar nicht auszuhalten sei.

Luck. Das glaube ich!

Adele. Aber man lebt sich ein — und ich bin sehr zufrieden, fühle mich wirklich sehr gekräftigt.

Luck (trocken). Es ist bekannt, daß die Landluft sehr stärkend ist.

Adele. Sie finden mein Aussehen gut, Herr Doctor?

Luck. Verzeihung! Bei den Damen aus der Residenz weiß man immer nicht, wie weit die Blässe der Wirkung des Poudre de riz zuzuschreiben ist.

Adele (lachend). Ich gebrauche niemals Poudre de riz.

Luck. Und ich habe noch nie eine Dame gefunden, die den Gebrauch zugiebt.

Adele (etwas spitz). Sie scheinen allerdings mit den Sitten und Gebräuchen der Residenz sehr vertraut zu sein — aber es ist doch gut, daß Sie in der Provinz leben.

Luck. So?

Adele. Ja — ich glaube nicht, daß der Ton, den Sie anschlagen, der geeignete wäre, um Ihnen zu einer großen Praxis in der Residenz zu verhelfen.

Luck. Sehn Sie — wie recht ich hatte — ich mißfalle Ihnen schon.

Adele. Das habe ich nicht gesagt. Ich für meinen Theil ertrage Offenheit — besonders, wenn ich Wahrheit darin sehe. Dennoch meine ich, daß eine gewisse Derbheit im All= gemeinen nicht der Schlüssel ist, um sich bei Frauen große Sympathie zu erwerben.

Luck. Frauenpraxis — das ist auch nie meine Passion gewesen. Der Umgang mit koketten — kapriciösen Wesen war mir niemals sehr sympathisch — und das sind die Frauen mehr oder weniger doch alle, (trommelt mit den Fingern auf den Tisch) mit wenigen Ausnahmen.

Adele (bei Seite). Das ist stark.

10. Scene.

Anna. Vorige.

Anna (tritt von links ein — im Vorübergehn zu Adele). Nun — wie gefällt er Dir?

Adele (leise). Ein ziemlich impertinenter Mensch!

Anna (geht weiter). Oh — (zu Luck.) Was sagen Sie?

Luck (leise). Ganz unsympathisch.

Anna (bei Seite). Das ist ja merkwürdig! (Rechts ab.)

Adele. Wunderbar.

Luck. Wie sagten Sie, gnädige Frau?

Adele. Wunderbar — sagte ich — daß man sich von jedem Menschen ein Bild macht — ehe man ihn gesehen hat.

Als meine Freundin von Ihnen erzählte, hatte ich mir Sie vorgestellt als einen Mann, der gesprächig — heiter — liebenswürdig ist.

Luck. Und finden gerade das Gegentheil — wollen Sie sagen — bitte, geniren Sie sich nicht.

Adele. Nun, ja!

Luck. Allerdings bilde ich mir ein, daß ich von den vorausgesetzten Eigenschaften — wenn es darauf ankömmt — immer etwas zur Disposition habe.

Adele (böse). Das wird ja immer besser. Sie scheinen damit sagen zu wollen, daß Sie mir gegenüber keine Anstrengungen zu machen beabsichtigen. Vielleicht sind Sie angegriffen — vielleicht haben Sie heut früh schon zu viel kurirt!

Luck. Oh nein — durchaus nicht — ich habe meine Hauptkur erst noch zu machen.

Adele. Nun, ich danke Gott — daß ich nicht Ihre Patientin bin. (Dreht ihm den Rücken).

Luck. Dazu haben Sie alle Veranlassung.

Adele. Wie so? (sieht sich nach ihm um — dreht sich dann gleich wieder zurück).

Luck. Ich bin ein Feind aller halben Maßregeln — und müßte eine Radikalkur vornehmen.

Adele (springt auf). Ich begreife nicht, daß ich mir von einem Fremden Dinge sagen lassen soll — — (will hinausgehen). Mein liebenswürdiger und verbindlicher Herr — ich räume Ihnen also das Feld (will gehen).

Luck (steht auf). Gnädige Frau — es ist doch besser — daß ich Ihnen eine Aufklärung gebe. Wollen Sie mir noch einen Augenblick schenken?

Adele (bleibt stehen). Ich weiß in der That nicht — ob ich es wagen kann.

Luck. Sie sagten vorhin, daß Sie die Offenheit vertrügen — ich will nur offen sein — so offen als nöthig.

Adele. Ich bin in der That gespannt. (Kommt wieder vor und setzt sich.)

Luck (stehend). Gnädige Frau — Herr von Römer ist mein Jugendfreund. Wir haben zusammen die Universität besucht — ein gütiges Geschick hat uns hier wieder zusammengeführt, nachdem wir uns Beide, Jeder in seiner Art, seßhaft gemacht hatten. Ich habe die Liebe zu seiner Frau entstehen sehen — war auf seiner Hochzeit — habe das Glück in dies Haus einziehen sehn und war Zeuge, wie sie es hüteten. Das Glück dieses Hauses hat mich ausgesöhnt mit den tausend Härten, denen ich täglich im Leben begegnet bin.

Adele (bei Seite). Er spricht nicht schlecht.

Luck. Da eines Tages werde ich in dieses Haus gerufen, ich finde die Frau, die ich wie eine Schwester verehre und liebe, auf dem Wege, elend zu werden.

Adele (erstaunt). Anna elend?

Luck. Das Herz ihres Gatten hatte sich von ihr abgewendet. Er war in die Hände einer Koketten gerathen, die — vielleicht nur zu ihrer Unterhaltung mit ihm spielte. Die Frau, zu stolz, der Welt ihren Kummer zu zeigen, verbirgt ihn unter Lächeln — aber das Herz wird ihr dabei brechen.

Adele (steht auf). Ich verstehe — der Roman spielt heute — und ich — — ich bin die Kokette. Ich danke Ihnen für die gute Meinung, die Sie von mir haben.

Luck. Ich habe nur als Hausarzt meine Schuldigkeit gethan.

Adele. Ich bin zwar nicht Hausarzt — doch ich denke, ich habe auch meine Schuldigkeit gethan.

Luck (zuckt die Achseln).

Adele. Lassen wir alle Umschreibungen bei Seite. Die Schilderung, die Sie vorhin machten — hätte ich schon vor einigen Tagen machen können. Ich kam in dieses Haus, un=

befangen, ohne jede andre Absicht als meine Freundin wieder=
zusehn. Da kommt der Mann auf die Idee — daß ihm
meine Toilette besser gefällt, als die seiner Frau — die Männer
sind ja mehr oder weniger alle schwach — er erweist mir
Aufmerksamkeiten — vielleicht auf Kosten seiner Frau — mit
einem Wort, er interessirt sich für mich. Ich faßte zuerst den
Entschluß nach dieser Entdeckung, sofort abzureisen — dann über=
legte ich und wollte mehr — er sollte geheilt werden, und zwar
durch mich. Sie verzeihen — ich kannte den Hausarzt der
Familie noch nicht, und so unternahm ich die Kur, indem ich
mich selbst opferte.

Luck. Wie das?

Adele. Ich denke, es ist ein Opfer, wenn eine Frau
von Herz sich für eine Kokette halten läßt. Vielleicht war das
Mittel nicht das richtige — jedenfalls hat es wenig geholfen
— der junge Emil, ein halbes Kind, lief bereitwillig in meine
Netze — aber er fällt zu wenig in's Gewicht — mein Patient
übersieht ihn! Oh ich gäbe etwas darum, wenn ich meiner
Freundin helfen könnte!

Luck. Sie wollten wirklich helfen?

Adele. So wahr ich wünsche, selbst glücklich zu werden.

Luck. Dann habe ich Ihnen bitter Unrecht gethan, gnä=
dige Frau — können Sie mir vergeben?

Adele. Sie hatten ganz Recht — der Schein war gegen
mich. Aber wir haben jetzt dasselbe Ziel — handeln wir doch
zusammen — einen besseren Beweis meiner Aufrichtigkeit kann
ich Ihnen nicht geben.

Luck. Das heißt, Sie wollen Ihre Experimente mit mir
fortsetzen.

Adele. Er soll den Werth seiner Frau einsehn und den
Unwerth der Koketten erkennen. Sie müssen mir freilich dabei
assistiren. Es ist etwas viel verlangt — aber denken Sie —
daß es ein gutes Werk gilt.

Luck (ihr die Hand küssend). Ich glaube, es ist der interessan=
teste und angenehmste Fall in meiner ganzen Praxis.

Adele. Still — man kömmt.

11. Scene.

Carl. Anna. Vorige.

Luck (zu Anna). Meine verehrte Frau, auf ein Wort. Ich
kenne jetzt die Patienten in Ihrem Hause. Verlassen Sie sich
auf mich. (Drückt ihr die Hand — leise weiter sprechend.)

Carl (zu Adele). Endlich wieder ein Sonnenblick.

Adele. Uebertreiben Sie nicht und halten Sie mich nicht
für leichtgläubig. Sie lassen mich eine Stunde allein und
thun dann, als hätte ich Ihnen gefehlt — das ist wohlfeil.

Carl. Oh — hätte ich keine Rücksichten zu nehmen
(Blick auf Anna), ich wäre von Ihnen so unzertrennlich, wie der
Mond von der Erde.

Adele. Sehr hübsches Bild. Unzertrennlich — und
doch wie viel Meilen entfernt von einander. Ach, das sagt
uns gewiß der Doctor.

Carl. Lassen Sie doch den Doctor — der hat mit
meiner Frau zu sprechen.

Adele. Er ist übrigens ein sehr netter Mensch, dieser
Doctor!

Carl. Ein wenig Pedant.

Adele. Aber er hat Herz und Gemüth.

Carl. Haben Sie das in der kurzen Zeit entdecken können?

Adele. Wir Frauen haben einen scharfen Blick — und
dann giebt es ein gewisses Etwas — nennen Sie es, wie Sie
wollen — Attraction — Fluidum — Sympathie — es ist
da, und man steht unbewußt unter seiner Herrschaft.

9*

Carl. Das Gefühl kenne ich auch.

Adele. Ganz natürlich. Sie sind glücklich — wer sollte es mit Anna nicht sein? (Wendet sich ab und setzt sich.)

Carl. Ja — — wer sollte es mit Anna nicht sein? — (bei Seite) sie ist eifersüchtig — (zu Adele) Gnädige Frau, ich glaube, Sie haben mich doch nicht ganz verstanden — ich meine nämlich — —

12. Scene.

Emil. Vorige.

Emil (durch die Mitte, mit dem Bouquet von vorhin). Frau b. Turnau, Sie haben etwas im Garten liegen lassen — (übergiebt das Bouquet) da ich immer Ihren Spuren folge — — —

Adele (gleichgültig das Bouquet betrachtend). Sie sind welk, die Rosen — erbarmen Sie sich ihrer — stellen Sie sie ins Wasser.

Emil. Es ist Ihr Bouquet, gnädige Frau.

Adele. Ich weiß — ich schenke es Ihnen.

Carl. So stell' sie doch in's Wasser — Du hast ja gehört — (sich zu Adele wendend) Ich meine — —

Adele (mit Ironie). Nun, was meinen Sie denn eigentlich?

Carl. Ich meine, daß das Gefühl der Sympathie nur dann beseligen kann — wenn es auf Gegenseitigkeit beruht.

Adele. Sehr richtig. — Ich möchte wohl wissen, wie der Doctor über mich denkt.

Emil. Gnädige Frau, darf ich — —

Karl. Du hörst doch, daß wir sehr ernst zusammen sprechen.

Adele. Ja, bitte, stören Sie uns nicht.

Emil (mißvergnügt — legt die Rosen auf den Tisch). Ich werde frische Rosen pflücken — aber für die Tante — (geht nach hinten).

Luck (indem Emil bei ihm vorübergeht). Was machen denn die Seitenstiche?

Emil. Danke — die lassen nach! (Ab durch die Mitte).

Luck. Der scheint kurirt zu sein. (Wendet sich wieder zu Anna.) Ich urtheilte vorhin zu schnell — ich widerrufe Alles — Ihre Freundin ist bezaubernd.

Anna. Also Sie liegen auch in ihren Banden?

Luck. Lassen Sie sich erklären — (leise weiter).

Adele (zu Carl). Mir scheint, der Doctor unterhält sich sehr gut mit Ihrer Frau — vielleicht auch Sympathie?

Carl. Nur Freundschaft.

Adele. Wie schön — wenn man mit solcher Sicherheit auf Jemand bauen kann.

Carl. Auf mich könnten Sie immer bauen.

Adele. Ich möchte es nicht versuchen.

Carl. Wahrhaftig.

Adele (leise). Pst — man hört uns.

(Nachdem Anna mit Luck lebhaft gesprochen — führt er sie bis zur Mittelthür — Anna ab durch die Mitte.)

Adele (zu Luck). Wir führen soeben ein sehr interessantes Gespräch, lieber Herr Doctor, über Sympathie.

Carl (winkt Luck verstohlen mit der Hand, daß er hinausgehen soll).

Luck. Sympathie gehört eigentlich in das Mystische — ich bin Realist.

Carl. Du hast Recht, lieber Freund — es ist nicht Dein Feld (winkt wieder heimlich).

Adele. Glauben Sie das nicht — der Doctor hat so viel zarte Empfindungen, daß er sie mit Gewalt verheimlichen will.

Luck. Wenn auch das nicht, so nehme ich die Gelegenheit wahr, um etwas zu lernen (setzt sich rechts), lassen Sie sich gar nicht stören.

Carl (zu ihm tretend). Mensch, verstehst Du uns denn nicht — laß uns doch allein.

Luck. Ich habe dieselbe Bitte — mach nur — (winkt ihm auch hinaus).

Carl. Was soll Dir das nützen?

Luck. Wer weiß! (laut) aber bitte, Du vergißt Deine Unterhaltung.

Adele. Um Sie zu gewinnen, lassen wir das Thema fallen — Sie verstehen, wie ich vorhin bemerkte, geistreich zu plaudern.

Luck. Das Verdienst fällt auf Sie zurück.

Adele. Auf mich?

Luck. Sie geben die Anregung — Ihr ganzes Wesen zieht von dem Alltäglichen ab und zwingt selbst den Realisten, seine Grundsätze zu vergessen. Ein zustimmender Blick aus Ihrem Auge ist der Preis, den sich der Sieger im Kampf erringt. Ein Wort aus Ihrem Munde bringt den Geist von Neuem in Fluß.

Adele (zu Carl). Der Doctor übertreibt — vorhin schleppte unsre Unterhaltung.

Carl. Die Conversation scheint auf meine Kosten zu gehen!

Luck. Du scheinst etwas Hypochonder — Kissingen wird Dir ganz gut thun.

Adele. Hat Ihnen der Doctor Kissingen verordnet — ah so — folgen Sie ja dem Rath.

Carl (freudig). Im Ernst?

Luck. Ich habe schon vorhin mit Deiner Frau ge-sprochen — sie hat Nichts dagegen.

Carl. Hören Sie?

Adele. Mir hat der Doctor leider von Kissingen ab-gerathen.

Carl (entrüstet). Abgerathen?

Luck. Nach meiner besten Ueberzeugung.

Carl. Ach, der versteht ja davon Nichts.

Luck. Ich habe der gnädigen Frau einen Aufenthalt in Tarasp vorgeschlagen.

Carl. Ach was haben Sie denn da — so weit und so hoch — —

Adele. Oh, unter anderem die Gesellschaft Ihres Freundes.

Luck. Ich gehe hin — ja — und ich gestehe, es war etwas Egoismus bei dem Vorschlag — aber die Versuchung war zu stark.

Carl. Sie werden also hingehn, gnädige Frau?

Adele. Ja. — Ich bin ganz frei — und es passirt mir so selten, daß ich Jemand finde — dessen Gesellschaft mir recht behagt. In diesem Fall freue ich mich auf die geistigen Genüsse noch mehr, als auf die stärkende Luft.

Luck. Ich fürchte Sie überschätzen mich, gnädige Frau — so schmeichelhaft Ihre Meinung auch für mich ist.

Adele (giebt ihm die Hand). Mein lieber Doctor — Sie haben Eigenschaften, die dauernd fesseln.

Luck (küßt ihr die Hand). Sie machen mich stolz und — — glücklich, gnädige Frau.

Carl (bei Seite). Ein netter Freund. Sie werden sich gleich um den Hals fallen. (Emil ist durch die Mitte eingetreten und sucht ein Buch. Carl mürrisch) Was suchst Du?

13. Scene.

Emil. Vorige.

Emil. Ah — hier. — Die Wahlverwandtschaften — (zu Adele) Sie lesen es wohl nicht mehr, ich will der Tante ein Capitel daraus vorlesen.

Adele (lachend). Ich danke.

Carl (nimmt ihm das Buch fort und steckt es in die Tasche). Gieb her — ich werde es meiner Frau selbst vorlesen. (Im Hinausgehen, bei Seite.) Kokette!

Emil. Ich werde der Kammerjungfer ein Bouquet pflücken! (Ab durch die Mitte.)

14. Scene.

Luck. Adele.

Adele (sieht Luck an, bricht dann in Lachen aus). Hahaha.

Luck (ebenso). Hahaha —

Adele. Nun, was sagen Sie?

Luck. Wir haben unsre Rollen sehr gut gespielt.

Adele. Er glaubt wirklich, daß Sie ein Interesse für mich haben. — Jetzt ist er bei seiner Frau — beichtet — verspricht —

Luck. Sie erzählt ihm den ganzen Zusammenhang —

Adele. Giebt ihm einen Kuß — — —

Luck. Und unser Roman ist zu Ende.

Adele. Ja, sehn Sie — so ist Alles Schein auf der Welt!

Luck. Alles doch wohl nicht, gnädige Frau — Sie

gehn zu weit. Ihr Herz — Ihr Geist, das ist schöne Wirklichkeit.

Adele. Sie brauchen sich nicht mehr anzustrengen — wir sind allein!

Luck. Ich wünschte eigentlich, die Kur wäre nicht so schnell geglückt.

Adele. Ich bin mit der schnellen Lösung zufrieden — es ist keine angenehme Aufgabe, die Kokette zu spielen — —

Luck. Dinge zu sagen und Gefühle zu heucheln, von denen das Herz nichts weiß! (Kleine Pause.) Mir ist, als hätte ich im Traume Schätze aufgehäuft — und beim Erwachen verschwinden sie mir unter den Händen. Soll mir denn gar nichts davon bleiben?

Adele (steht auf). Wollen wir nicht nach unsern Freunden sehen? (Will gehn).

Luck (sie aufhaltend). Gnädige Frau — Sie haben mir meine Frage noch nicht beantwortet. Soll mir wirklich gar nichts bleiben?

Adele. Ja, besitze ich denn die Schätze, von denen Sie geträumt haben. Habe ich Ihnen denn etwas zu geben?

Luck. Das ist kokett, gnädige Frau.

Adele. Sie haben Recht — es liegt Gefahr darin, gegen Sie nicht aufrichtig zu sein.

Luck. Sie fühlen, daß Sie mir Viel — daß Sie mir Alles geben können.

Adele (reicht ihm die Hand). Und doch bleibt es immer nur wenig.

Luck. Mich macht es unendlich reich!

15. Scene.

Carl. Anna. Emil. Vorige.

(Carl und Anna treten Arm in Arm ein durch die Mitte — Emil folgt, sie sehn Adele und Luck — die etwas seitwärts stehn.)

Carl. Sieh' nur — sie wollen uns noch weiter Komödie vorspielen. (Tritt zu Luck.) Lieber Freund — strenge Dich nicht mehr an — ich bin vollständig kurirt.

Luck (Hand gebend). So — das freut mich.

(Adele tritt zu Anna und spricht mit ihr.)

Carl. Aber unter uns — einen guten Rath will ich Dir geben — nimm Dich vor der Frau in Acht.

Luck (mit Spott). Meinst Du?

Carl. Problematische Natur — kann nie lieben!

Luck. Ach! Problematisch?

Carl. Ja — noch mehr — eigentlich schon Dämon — Satan — darauf kannst Du Dich verlassen.

Anna. Carl — hast Du gehört — der Doctor heirathet Adele.

Carl (erschrocken). Was? — (giebt ihm die Hand). Na, da entschuldige, lieber Freund.

Adele. Haben Sie keine Bange — er wird mich schon kuriren. (Reicht Luck die Hand.)

Emil. Ich heirathe nie!

(Der Vorhang fällt.)